ВЕЛИКОЛЕПНЫЕ
ДЕТЕКТИВНЫЕ
ИСТОРИИ

Александр Руж
Две строки из Овидия

Инна Бачинская
Столкновение

Татьяна Устинова
О странностях любви

Анна и Сергей Литвиновы
Запретная страсть

Евгения Михайлова
Колька-мент

Марина Крамер
Киллер вслепую

Дарья Калинина
Жених в нагрузку

ЛЮБОВНЫЙ ДЕТЕКТИВ

МОСКВА
2022

УДК 821.161.1-312.4
ББК 84(2Рос=Рус)6-44
Л93

Редактор серии *А. Антонова*

Оформление серии *С. Курбатова*

Л93 **Любовный** детектив : сборник рассказов. — Москва : Эксмо, 2022. — 288 с. — (Великолепные детективные истории).

ISBN 978-5-04-160264-2

Татьяна Устинова, Анна и Сергей Литвиновы, Евгения Михайлова — эти популярные писатели уже давно известны читателям как авторы не только захватывающих детективных романов, но и блестящих остросюжетных рассказов. Вы держите в руках новый сборник коротких историй этих и других талантливых авторов, которые наверняка увлекут вас и заставят забыть обо всех проблемах! Главной темой каждого из этих рассказов стала любовь, порой толкающая героев на совершенно неожиданные поступки. Но в финале, конечно, героев ждет счастливое соединение любящих сердец.

УДК 821.161.1-312.4
ББК 84(2Рос=Рус)6-44

ISBN 978-5-04-160264-2

• СОДЕРЖАНИЕ •

АЛЕКСАНДР РУЖ

• ДВЕ СТРОКИ ИЗ ОВИДИЯ •

Что собой представлял румынский городок Констанца в середине XIX века?

Да ничего особенного.

Бывшая греческая, а потом римская колония, знаменитая тем, что на ее территории скончался сосланный императором Августом поэт Овидий. Бессчетное количество раз она переходила из рук в руки, принадлежала то византийцам, то болгарам, то османам, а ныне превратилась в задворки Российской державы. Милые такие задворки, с великолепным климатом, чудесными видами, но, к сожалению, настолько однообразные, что сюда ехали на отдых разве что престарелые пары, уставшие от суеты.

Анита Морреьентес, урожденная испанка, которую после эмиграции в Россию величали Анной Сергеевной, и Алекс, он же Алексей Петрович Максимов, вовсе не были престарелой парой. Аните недавно исполнилось тридцать, Алексу — немногим больше. И нечего было бы им делать в городе стариков, если б не затейливая прихоть судьбы. Они путешествовали по Европе, но поездка не задалась: Аниту преследовали болезни, она перенесла сперва холеру, потом двустороннюю пневмонию. Во многом это заставило маленькую семью свернуть с намеченного маршрута и угнездиться в северном пригороде Констанцы, в курортном поселке, где, по заверениям местных докторов, соленый воздух, целебные грязи и живительное вино всячески способствовали восстановлению организма.

Русских, равно как и румын, в Констанце проживало крайне мало. Подавляющее большинство населения составляли греки и татары, переселившиеся из Крыма. Найти с ними общий язык оказалось не так просто: одни не понимали ни единого наречия, кроме родного, а другие в силу нелюдимости отмалчивались.

В середине сентября, когда стояла изумительная погода — с нежарким солнцем и легкими бризами, — в город прибыл отставной генерал от инфантерии Юрий Антонович Ольшанский с супругой Натальей Гавриловной. Строго говоря, их нельзя было причислить к законченным старикам: пятидесятилетний генерал смотрелся моложаво, а его дражайшая половина хоть и слегка располнела с возрастом, но старалась следить за внешностью, подбирала наряды новомодных фасонов, делала на ночь маски из капустных листьев и ежедневно меняла прически — словом, не производила впечатления старухи, доживающей свой век.

Максимовы встретились с Ольшанскими волей случая. На центральной площади давал представление заезжий акробат Жан Родригес Мюллер (так значилось на афише), толпились зрители, среди которых Максимов углядел дородную чету в окружении многочисленной прислуги. По столь солидному эскорту угадать соотечественников можно было без труда. Вывод подкреплялся прочими немаловажными аргументами: веер с изображением Кремля в руке у барыни, исконно-посконные сарафаны у вившихся вокруг нее дворовых девок и крики «Вот шельмец! Ишь чего вытворяет!», которые генерал, захваченный кульбитами Мюллера, исторгал из луженой глотки.

Анита наклонилась к уху Алекса и негромко спросила:

— Пойдем познакомимся?

Максимов поморщился.

— Тоска зеленая... Этот индюк будет до бесконечности болтать о своих подвигах, а его матрона начнет расписывать, какое у них потрясающее имение под Рязанью и какие бесподобные георгины она выращивает в палисаднике. Тебе этого хочется?

Анита отдавала себе отчет в том, что Алекс, скорее всего, прав, но уж очень тянуло ее посудачить с общительными людьми, пусть даже о георгинах и взятии Эрзерума.

Максимов с неохотой пошел на поводу у жены, приблизился к генеральскому семейству и коротко, без экивоков, представил себя и Аниту. Провинциальные порядки позволяли обойтись без длительных и никому не нужных церемоний.

Насчет общительности новых знакомцев Анита не ошиблась. Генерал, когда узнал, что Максимов — бывший военный, расцвел в улыбке, принялся панибратски хлопать его по плечу и свистящим шепотом травить скабрезные анекдоты из армейской жизни. А госпожа Ольшанская приобняла Аниту и стала доверительно распространяться... нет, не об имении с палисадником, а о сыне Васеньке, который в свои двадцать два дослужился до поручика, участвовал в Бухарском походе и, по всему видать, сделает головокружительную карьеру, почище папенькиной. Это вызывало у Натальи Гавриловны одновременно гордость и материнскую тревогу.

Ольшанские устроились в Констанце роскошно — сняли в престижном районе, в непосредственной близости от моря, двухэтажный особняк в псевдоэллинском стиле, с атлантами и кариатидами. В первый же вечер Аниту и Алекса зазвали на ужин. Отказываться от радушного приглашения было неудобно.

Меню, под стать особняку, состояло из греческих блюд. Смесь запеченных баклажанов со специями, салат из помидоров, сдобренных размоченными сухарями и брынзой, шашлыки-сувлаки, жареные бараньи ребрышки, пахлава с начинкой из орехов — вот далеко не полный перечень снеди, которой был уставлен стол. Генерал особенно налегал на тушеную требуху ягненка, обернутую кишками, и говорил, что, не попробовав этот деликатес, постичь греческую душу невозможно. Ни Анита, ни Алекс к сомнительному яству не притронулись. Максимов мысленно рассудил, что если б у него возникло желание постичь греческую душу, он бы поехал в Грецию.

Единственным негреческим и даже неевропейским лакомством был экзотического вида фрукт, похожий не то на тыкву, не то на дыню с шипами. Наталья Гавриловна отрекомендовала его как африканский огурец. У него и вкус был соответствующий — огуречный, только с бананово-лимонным оттенком.

— Кухарка моя вчера на рынке купила. Дорогущий! — похвасталась госпожа Ольшанская. — Говорят, из Палестины привезли.

Гости, чтобы не обижать хозяев, попробовали по ломтику, не впечатлились и перешли на более традиционные закуски.

Генерал подливал Максимову ракию, Аните — красное вино и рокотал без умолку.

— Вы не представляете, каково это — воевать с кавказцами! Азиатчина! Ты против них с открытым забралом, а они тебе нож в спину...

— Я воевал, — скромно заметил Максимов.

— Господа, господа! — засуетилась Наталья Гавриловна. — Давайте не будем о войне. Юрий Антонович меня и так каждый божий день воспоминаниями потчует, а я потом полночи не сплю, за Васеньку переживаю...

— Как хочешь, — покладисто отозвался генерал. — Вчера газеты писали: в Валахии вспышка оспы. Не ровен час и сюда доберется...

Наталья Гавриловна всплеснула надушенными ладошками.

— Да что ж такое! Неужто ни о чем хорошем не потолковать? Смотрите, какая благодать кругом! Солнце, волны, умиротворение... Разве может в эдаком раю найтись место злу? Истинное царство добра!

— Еще как может, — ядовито буркнул Максимов, опорожнив третью чарку ракии. — Не забывайте, что мы с вами здесь в роли колонизаторов. Нас терпят, но это до поры. Помните недавний бунт в Дунайских княжествах? Это первый звонок. Настанет время — выметут метлой, и поминай как звали.

— Господь с вами! — замахал волосатыми ручищами господин Ольшанский. — За что нас выметать? Мы несем на периферию свет цивилизации, дарим народам достижения прогресса. Они на нас молиться должны!

— А по мне, — снова вступила в полемику Наталья Гавриловна, — народы объединяет не прогресс и тем паче не военная сила, а любовь.

— Это вы Овидия вспомнили? — предположила Анита. Она сидела с бокалом вина и брала по одной оливке из фарфоровой розетки.

— Вы читали? — оживилась госпожа Ольшанская. — Я слышала, у него есть волшебные стихи. Но местами он ужасно неприличен! Именно поэтому его не переводят в России.

— Неприличен? Может быть... Но в меткости высказываний ему не откажешь. Моя любимая цитата: «Целомудренна та, которой никто не домогался».

Анита произнесла это с невиннейшим видом и опустила глаза к тарелке с остатками помидорно-сухарного салата. Наталья Гавриловна зарделась, метнула взгляд на супруга, который, причмокивая, обгрызал баранье ребрышко, и ни с того ни с сего накричала на девку, подавшую ей полотенце.

Так закончился этот прием. А наутро выяснилось, что зло на сказочном черноморском побережье властвует точно так же, как и везде.

Пробудившись, Максимов ощутил в теле озноб. Решив, что перекупался накануне в море и подхватил легкую простуду, он не отступил от выработанных годами привычек и приказал служанке Веронике подать кувшин холодной воды для умывания, разоблачившись до пояса. Вероника так и застыла, уставясь на его обнаженный торс.

— Что моргаешь, дура? — рассердился он. — Лей!

— Лексей Петрович! — проблеяла Вероника, тыча пальцем в его грудную клетку. — У вас... там...

Максимов нагнул голову, увидел разбросанные по коже красноватые пупырышки и нахмурился. Увиденное ему не понравилось. На зов Вероники прибежала Анита, уговорила съездить к врачу. В больнице их принял смуглый болгарин, еле-еле изъяснявшийся по-русски. Глянув на сыпь, он взволновался и категорически заявил, что больного необходимо немедля поместить на карантин.

— Это с какой радости? — набычился Алекс.

На что лекарь вымолвил одно-единственное слово:

— Оспа.

Далее разъяснилось, что эпидемия, о которой читал в газетах генерал Ольшанский, распространилась за пределы Валахии, нескольких зараженных выявили и в Констанце. Власти постановили принять жесткие меры к пресечению болезни. Любого, у кого проявятся симптомы, похожие на оспенные, предписывалось как минимум на неделю изолировать от окружающих. Два дюжих брата милосердия с рожами закоренелых колодников взяли Максимова под руки и, несмотря на сопротивление, сволокли на самую дальнюю окраину города. Там стоял длинный дощатый барак, разделенный на два или три десятка тесных комнатенок. В одной из них и заперли больного, замкнув дверь снаружи.

Взбешенный Алекс с полчаса громыхал кулаками и изрыгал матерные проклятия, покуда не утомился. Присев на деревянный лежак, застеленный линялым бельем, он оглядел свою темницу. Пять шагов в длину, три в ширину. Из мебели кроме кровати грубый табурет и помойный бак, который использовался еще и в качестве уборной. Низкий потолок, зарешеченное оконце. В двери проделан лючок для просовывания пищи — совсем как в тюремных камерах. Пол голый, каменный, зимой от него, наверное, веет ледяным холодом. В клетушке стояла духота, воняло нечистотами.

Максимов шатнул дверь, она не поддалась. Он подошел к окошку, выглянул наружу. Ландшафт предстал идиллический: зеленый лужок, окаймленный купами раскидистых лип, за ним пологий холм, с которого сбегал шустрый ручеек. Над всем этим — безмятежная синева неба с кудряшками облаков. Вписать в этот пейзаж парочку влюбленных — и будет полная гармония.

Но сейчас не до лирики. Комната, куда поместили Максимова, была в бараке крайней, то есть из четырех ее стен только одна смыкалась с соседним узилищем, где мог быть заперт кто-то еще.

Алекс с маху саданул каблуком в стену. Сделанная из дуба, она отозвалась глухим гулом. Доски аккуратно пригнаны друг к другу, проконопачены, докричаться будет сложно. Но попробуем.

Максимов сделал глубокий вдох и гаркнул во всю мощь голосовых связок:

— Эй! Есть тут кто?

Из-за стены не донеслось ни звука, зато отворился лючок в двери, и в квадратный проем просунулась физиономия турка с тонкими обвислыми усами. Это был страж карантинного блока.

— Цего орес? — выговорил он сердито. — Орать не велено. Велено молцать.

И скрылся, захлопнув железную заслонку.

Максимов завалился на лежак, пристроил под затылком набитую прелым сеном подушку и задумался. В голове пульсировали обрывки мыслей: «Влип так влип!

Хорошо, если Нелли догадается обратиться к наместнику, он меня знает... Хотя наместник далеко, в Бухаресте, двести с гаком верст отсюда. И вообще... вдруг и вправду оспа?»

От безрадостных размышлений его отвлекло едва слышное постукивание. Он привстал, навострил уши. Стучали в ту самую стену, куда он безуспешно долбился полчаса назад.

Его как ветром сдуло с лежака. Он на цыпочках подошел к стене, присел на корточки, прислушался. Сигнал повторился, и теперь в нем отчетливо различалась система: короткие удары, длинные, короткие, длинные. Максимов хлопнул себя по лбу: азбука Морзе! С распространением в мире электрического телеграфа многие образованные люди заинтересовались кодированием слов при помощи точек и тире. Алекс, с его инженерным образованием, знал этот шифр в совершенстве.

Он оглянулся на дверь — заслонка была опущена — и осторожно побарабанил костяшками пальцев, выстроив короткую фразу:

«Кто вы?»

С минуту царила тишина, после чего с той стороны отстукали:

«Алекс, ты балбес. Это мы с Вероникой».

«Вы здесь? — протелеграфировал ошеломленный Максимов. — Вас тоже закрыли?»

Засим последовал диалог следующего содержания:

«Представь себе. Симптомов у нас нет, но поскольку мы были с тобой, эскулапы решили перестраховаться».

«Вот сволочи! Непременно напишу в Бухарест, как только выпустят».

В запале Максимов взялся колотить в стену чересчур сильно, и беседа была прервана все тем же надзирателем. Он лязгнул железкой, заругался:

— Цего стуцис? Стуцать не велено...

— Да пошел ты! — рявкнул Алекс.

Ему надоело сидеть смирно и повиноваться какой-то шантрапе. Шагнув к двери, он скорчил свирепую мину.

— Слышь, ты, чучело! Принеси чего-нибудь поесть, у меня брюхо от голода свело. Или у вас тут пациентам харчи не полагаются?

— Обеда будет церез два цаса, — менторским тоном проскрипел сторож.

— Ну, тогда катись отсюда! А то плюну тебе в харю, к вечеру коростой покроешься.

Максимов демонстративно собрал во рту слюну, и турок ретировался. Не очень ему хотелось подцепить смертоносную заразу.

Анита не лукавила, да и какой был резон? Ее с Вероникой тоже определили на изоляцию — как потенциальных разносчиков инфекции. Каморка им досталась чуть попросторнее, с двумя лежанками и тюфяками. Но до гостиничного номера или на худой конец постоялого двора она ни в коей мере недотягивала. Перспектива провести здесь неделю вгоняла в беспросветную ипохондрию.

Максимов же, сведав, что Анита и Вероника находятся в аршине от него, пусть и за дубовой перегородкой, слегка воспрял духом. Да, он лишился возможности немедленно связаться с представителями метрополии и выразить протест, однако в некоторой степени успокоился. С близкими все в порядке, это главное. Неделю как-нибудь вытерпят, а там — если, тьфу-тьфу, проклятая сыпь сойдет и озноб уляжется, выйдут на волю и уж тогда-то тупицам, учинившим произвол, мало не покажется.

Рассуждая так, Алекс дождался обеда, он получил из рук вертухая жестяную миску с чечевичной похлебкой, кус ржаного хлеба и кружку с водой, слабо разбавленной вином, и устроился на табурете напротив окна. Зачерпнул ложкой баланду, попробовал. М-да, не только обстановка тюремная, но и кормят, как арестантов в остроге — паршивее не придумаешь. После лукуллова пира у Ольшанских — совсем гадко.

Чтобы отвлечься от вкусовых качеств больничной бурды, он стал смотреть в оконце и обратил внимание на то, что девственный прежде пейзаж преобразился. На лужок из липовой рощицы вышла девушка, одетая в национальном румынском стиле: свободная рубаха с длинными узорчатыми рукавами, алая шерстяная юбка, по сути, просто отрез полотна, обернутый вокруг бедер, на голове — венок из ромашек. Волосы у молодки были заплетены в две косы, по обычаю здешних незамужних девиц, а обувь отсутствовала. К сожалению, расстояние не позволяло Максимову разглядеть черты ее лица, но он почему-то не сомневался, что они прекрасны. Девушка вела за собой прелестную козочку, как Эсмеральда из романа Гюго. Ни дать ни взять античные буколики! Овидий с Вергилием остались бы довольны.

Максимов прикипел взглядом к незнакомке и уже механически хлебал невкусный суп, заедая его черствой горбушкой. Он как будто перенесся в театр, ему не мешали ни прутья в окне, ни спертый воздух, ни убогость окружавшей обстановки.

Пастушка отпустила козочку, и та побрела к холму, меланхолично пощипывая травку. Солнце уже спускалось к горизонту, день клонился к вечеру, но Максимов знал наверняка, что там, вне закупоренной со всех боков деревянной коробки, холода не чувствуется. Красавица села посреди изумрудных стеблей, выставила из-под юбки сахарного цвета ножку и устремила взор в направлении высокого каштана, росшего справа от холма. Она кого-то ждала.

— Законцил, нет?

Противное кряканье надсмотрщика отвлекло Алекса от созерцания благолепной картины. Он недобро зыркнул на дверь, просунул в лючок кружку с миской и вновь уселся на табурет. Заслонка не упала, турок с любопытством пропихнул крючковатый нос в отверстие.

— Цего смотрис? Сто там?

Максимов стянул с лежака подушку, тщательно потер ею об себя и запустил в ненавистное рыло. Подействовало: турок молниеносно убрался, клацнула стальная пластина.

Пастушка на лугу проявляла признаки нетерпения, поглядывая на каштан, потом встала, обошла его вокруг, погладила пасшуюся козочку. Максимов и сочувствовал бедняжке, и втайне опасался, что явится какой-нибудь деревенский мужлан, облапит ее, начнет по-медвежьи тискать, внеся диссонанс в изысканный спектакль.

Тук-тук-тук! Вот и диссонанс, только не зрительный, а слуховой. Анита, задетая долгим молчанием супруга, напомнила о себе.

«Не спишь? Чем занят?»

Алекс задергался, словно она поймала его на чем-то постыдном. Хотя что тут постыдного? Томится человек в неволе и скрашивает свое жалкое существование единственным доступным ему способом — обозревает мир через зарешеченный глазок. И не виноват он, что в этот мир вписалась неведомая фея со своей домашней живностью.

«Лежу, хандрю. Думаю о тебе», — отстучал он, помедлив.

Анита не относилась к породе ревнивых сумасбродок и вряд ли стала бы впадать в ярость из-за того, что болящий, измученный сплином муж позволил себе засмотреться на бедную селянку. Но что-то помешало Алексу поделиться впечатлениями от увиденного. Сейчас все на взводе, никто не предскажет реакцию...

Они поперестукивались еще немного. Анита беспокоилась, как он там, как его самочувствие. Пес бы с ним, с карантином, лишь бы болезнь не усугубилась. Максимов отвечал лаконически: ничего не болит, знобит уже меньше, краснота спадает. Чуть погодя он сослался на усталость, Анита пожелала ему спокойной ночи и умолкла.

Он поспешно вернулся к окну, в последних отсветах зари успев увидеть, как пастушка с низко опущенной головой грустно бредет прочь и уводит козу. Если и затевалось у нее свидание с пылким поклонником, то сегодня оно сорвалось. Как принято у героинь любовных элегий, она ушла в закат, растаяла в розовой пене.

Светильников в бараке не предполагалось. В амбразуру проникла тьма, заполнила все миниатюрное пространство. Настала ночь. Максимов долго не мог уснуть. Виною тому отчасти были бегавшие по полу тараканы, бугристый лежак, колкое сено, лезшее сквозь наволочку, и прочие неудобства, но, чего греха таить, хуже тараканов одолевали мысли. Он задавался вопросами: кто эта прелестница? кого она ждала? отчего ушла в такой печали?

Кабы не вынужденное затворничество, не терзался бы он тем, что впрямую его не касалось. Какая-то крестьянка, которую он видит впервые и даже имени не знает... Какое ему до нее дело? Тем не менее ум, обреченный на праздность, искал любого занятия, пускай самого чепухового и не имеющего практической пользы. В итоге беспочвенное гадание вылилось в бессонницу, сменившуюся под утро липкой и тяжелой дремой, какая бывает у перебравших пьянчуг.

Проснулся Алекс с головной болью, рассерженный на себя. Далась ему эта деваха!

В каждом хуторе — что румынском, что русском — таких пруд пруди. Думать надо не о ней, а о собственном будущем и о тех, кто по-настоящему дорог. Поэтому, едва поднявшись с лежака, он простучал Аните в стену:

«Как ты, любимая? Уже встала?»

«Встаю, — отозвалась она. — Вероника выпросила у Рахима горячей воды, сейчас будем умываться».

Рахим? У пугала с усами, оказывается, есть имя.

«Вы с ним подружились?»

«Познакомились. Раз уж очутился в аду, с чертями лучше поддерживать хорошие отношения».

«И что вы еще у него выпросили?»

«Так, мелочь. Запасную простыню, полотенце побольше, восковую свечку, чтобы не было темно, и два гвоздя».

«Гвозди-то зачем?»

«Вероника вбила их башмаком в дверной косяк, и теперь можно вешать одежду, чтобы ночью не мялась».

Алекс вздохнул. Какая чепуха заботит женщин! Уж он бы вытребовал что-нибудь посущественнее: рюмку старки, бифштекс из ближайшего трактира, колоду карт, чтобы за пасьянсом скоротать срок заключения.

Но дружба с соглядатаем не завязывалась ни в какую. Когда тот просунул в келью тарелку с завтраком (овсяная каша-размазня, безнадежно остывшая и комковатая), Алекс вместо приветствия и благодарности приложил его соленым словцом. Что поделать? Не поворачивался язык любезничать с тюремщиком.

День тянулся бесконечно долго. Максимов ходил из угла в угол, выстукивал Аните нежные послания, отчего к полудню пальцы распухли, и пришлось сделать паузу в общении.

А после обеда из рощицы, как мифическая дриада, появилась она — вчерашняя пастушка. На ней было то же облачение, а позади шла коза, позвякивая бубенчиком на шее. Узрев неразлучную парочку, Максимов позабыл обо всем на свете. Он вновь устроился на табурете, точно зритель в ложе, и, подперев рукой небритый подбородок, стал смотреть.

Первые часа полтора не происходило ничего. Девица сидела на траве, плела из стебельков подобие корзинки и заметно кручинилась. Но внезапно из-за каштана выступил статный молодец, одетый в широкие холщовые штаны и безрукавку, перетянутую на гуцульский манер кожаным поясом со множеством кармашков.

Это был, несомненно, тот, кого она ждала весь предыдущий день. Завидев его, девица вскочила и стремглав прыгнула к нему в объятия. Максимов отвел глаза. Ему подумалось, что неприлично подсматривать за интимным действом. Однако любопытство пересилило, и он опять глянул в окошко. Влюбленные целовались, стоя у подножия холма. Поцелуи были жаркими, что свидетельствовало о неподдельной страсти. Увлекшийся кавалер сбил со своей дамы венок, распушил волосы, отчего она сделалась еще соблазнительнее, и потянул кверху край ее рубахи. Пастушка перехватила его руку и мотнула головой в сторону барака. Кровь прилила к щекам Максимова, ему показалось, что его рассекретили. Но в следующую секунду он уверил себя, что на таком отдалении пара могла видеть только стену с бликующим на солнце стеклянным оком, и ничего больше.

Влюбленные посовещались, после чего парень в безрукавке, как пушинку, поднял свою пассию на руки и унес в рощицу, подальше от чужих глаз. В следующий час покой нарушали только меканье козы и звон колокольчика.

Максимов сидел, задумавшись. Он вспоминал раннюю молодость, знакомство с Анитой, безмятежные прогулки под сенью псковских лесов в родительской усадьбе. Тогда и он был столь же горяч, как этот парубок, одержим душевным и плотским влечением, — голова кружилась, а сердце пело. Славные были деньки! Годы брака утихомирили его, сделали хладнокровнее и, наверно, черствее. Но это неправильно! Любовь не должна превращаться в привычку, рутину, обыденность, иначе грош ей цена. Угасшее чувство сродни пеплу, который рассеивается от малейшего дуновения.

Копошившиеся в голове думы растревожили Алекса. Он подошел к стене, хотел простучать Аните, что любит ее по-прежнему, но не стал. А ну как она заинтересуется, с чего ему вздумалось касаться сокровенных тем в не самый подходящий момент? Уж лучше поговорить об этом позже — когда можно будет заглянуть в ее бархатные глаза, дотронуться, подхватить на руки и унести в липовую... или какая подвернется... рощу, а далее все сложится само собой. И не нужно лишних слов.

Приятные грезы привели Алекса в более-менее сносное расположение духа. А тут и те двое вышли на луг, немного растрепанные, но счастливые. Вот и замечательно, подумал Максимов. У людей свое счастье, а у меня свое.

Больше в этот вечер в окно не глядел.

Минуло еще три дня. Он мало-помалу обживался в своем застенке: лежак уже не казался таким жестким, а приносимая Рахимом еда — несъедобной. Вдохновляло то, что до освобождения оставалось всего трое суток. Максимов не сомневался, что освобождение настанет. Сыпь постепенно сходила, он чувствовал себя здоровым и полным сил. Один раз к нему заходил врач-болгарин, тот самый, что упек его сюда. Алекс едва сдержался, чтобы не свернуть поганцу челюсть. Коновал предвидел это, посему привел в качестве телохранителей двух жандармов с саблями наголо.

— Вы же видите, нет у меня оспы! — доказывал Алекс, задрав сорочку.

— Сие не есть факт, — философски парировал доктор и присовокупил: — След седмица ще видим.

Максимов считал уже не дни, а часы до истечения треклятой седмицы, а покамест продолжал свои наблюдения за Адонисом и Афродитой (так он прозвал их про себя). Что, скажите на милость, еще делать в заторе? Он утешал себя заверениями, что нет в этих подглядках ничего крамольного. Голубки на лугу только ворковали и иногда обменивались поцелуями. Для иных упражнений они предусмотрительно удалялись под защиту деревьев.

Помыслы о том, кто эта девушка, перестали докучать Алексу. Он удостоверился, что ее воздыхатель достаточно воспитан и в какой-то мере галантен и она не противится его ухаживаниям. Дело, вероятно, шло к свадьбе. Что ж, совет вам, как говорится, да любовь.

Однако на пятый день ситуация изменилась. Максимов, как всегда, в обед черпал ложкой жижу из миски. В окно он смотрел рассеянно, просто по обыкновению, как вдруг краем глаза уловил какое-то движение на вершине холма. Парочка в это время возлежала под каштаном и о чем-то щебетала. Слов Алекс не разбирал, их глушило толстое замутненное стекло.

На холме показался человек. Солнце светило ему в спину, он представал черным зловещим силуэтом. Можно было определить, что это мужчина, широкоплечий, кряжистый и, по видимости, не слишком молодой. Его одеяние состояло из кожуха и барашковой шапки, что скорее годилось бы для ранней осени где-нибудь в Архангельске, а не на побережье Черного моря. Он взглянул вниз и схватился за бедро, на котором висели короткие ножны. Максимову стало не по себе, он выронил миску.

Эпизод был драматический. Личность на холме, очевидно, не приветствовала происходившее под каштаном. Мощная лапища выдернула из ножен кинжал, он сверкнул, как протуберанец. Ни Адонис, ни Афродита не обращали внимания на то, что творилось у них над головами. Максимов вскочил и поднял табуретку, преисполненный решимости вышибить стальные стержни вместе со стеклом и предупредить несчастных об опасности.

Все обошлось. Адонис, что-то надумав, поднялся, наспех лобызнул Афродиту и исчез. Это предотвратило кровавую развязку. Человек на холме потоптался в нерешительности, глядя на пастушку, спрятал кинжал и тоже скрылся.

Идиллия на виду у непрошеного свидетеля рассыпалась, как расколотое зеркало. Максимов не находил себе места. Выяснилось, что у счастливой пары имеется недоброжелатель, вынашивающий ужасные намерения.

Как быть? Алекс занес кулак, чтобы грохнуть в дверь. А толку? Чурбан Рахим не выпустит, у него инструкции, он соблюдает их беспрекословно. Рассказать ему всю историю сначала — не поверит, подумает, что это уловка затворника, желающего улизнуть.

Максимов потер посиневшие фаланги — результат ежедневных переговоров через стенку — и простукал Аните:

«Я обязан кое-что тебе рассказать. Наберись терпения».

Терпение потребовалось большей частью ему самому. Кисть руки нещадно ломило, и когда он закончил повествование об Адонисе, Афродите и неизвестном злодее, она готова была отвалиться. С некоторой опаской он ждал, как отзовется Анита.

«Опиши мне всех троих, — взяла она деловой тон, и он облегченно выдохнул. — Ничего не пропускай».

Окно комнатушки, в которой отбывали заточение Анита с Вероникой, выходило на пустырь с кучей мусора, поэтому они не имели возможности видеть то, что наблюдал Максимов.

Он подавил стон, попробовал выстукивать левой, но получалось медленно и неровно, Анита периодически не разбирала слов, переспрашивала.

«Ты мне веришь?» — завершил он затянувшийся отчет.

«Как я могу тебе не верить? Ты красноречив, я будто вижу все собственными глазами. Замышляется убийство, и мы должны его предотвратить».

«Для начала надо из этой конуры выбраться».

«Выберемся. Положись на меня».

Ночь Алекс провел как на иголках. Ему представлялось, как завтра юные любовники встретятся на лугу, не исключено, что позволят себе что-нибудь фривольное. Отелло с кинжалом в исступлении набросится на них, и страшно вообразить, чем все обернется.

Закемарил он только на рассвете, но был разбужен требовательной морзянкой.

«Алекс, действуем! Запоминай указания...»

Он запомнил, повторил и весь напрягся, как сжатая пружина. После почти недельного простоя предвкушение действий было отрадным, отзывалось упоительной истомой.

В урочный час взвилась заслонка, и в дырке нарисовалось обличье Рахима.

— Голодный, да? Принимай завтрак!

Максимов, придав лицу загадочности, взял протянутую посудину без ругани и без угроз. Рахим почуял неладное, сощурился.

— Сто слуцилось? Цего такой?

Алекс поманил его к себе:

— Хочешь узнать?

— Хоцу.

Цербер вдавил коричневую от загара ряху в квадрат лючка. И сделал это напрасно, ибо Максимов проворно уцепил пальцами усы-бечевки.

Жестоко обманутый Рахим дернулся назад, и ему удалось отодвинуться от лючка дюймов на пять. Это входило в расчеты Алекса — он рванул кончики усов на себя, и азиат с маху врезался головой в ржавую полосу, одну из тех, какими была обита для прочности дверь. Тот захрипел, закатил гляделки. Максимов выпустил его и услышал, как он мешком свалился у порога.

Свою миссию Алекс выполнил, теперь дело за Анитой.

Не прошло и минуты, как забрякал ключ в замке, и дверь отворилась.

— Выходи! Быстро!

— Нелли! — Он перескочил через лежавшего без сознания турка и стиснул Аниту в кипучем порыве. — Как же скверно без тебя!

— Я тоже тебя люблю, — проговорила она. — Но если промедлим, рискуем снова очутиться в каталажке.

С этим сложно было спорить. Максимов бегло оглядел местность. Никого, но в любой момент кто-нибудь может появиться. О том же думала и Вероника, боязливо топтавшаяся поодаль.

— Лексей Петрович, спрячьте энтого борова куда подальше. Увидит кто — решат, чего доброго, что вы его укокошили...

Алекс взял Рахима под мышки и втащил в затхлую каморку, из которой только что выбрался.

— Полежи-ка, друг ситный, отдохни от трудов праведных...

Он не преминул обыскать османа. Огнестрельного оружия не нашел, но позаимствовал перевязь с болтавшимся на ней ятаганом.

— Как скоро он очнется? — уточнила Анита, захлопнув дверь и заперев ее ключом со связки, которую перед тем отцепила от пояса турка.

— Минут через пять, не раньше.

— Успеем добежать до леса!

Никем не замеченные, они ввалились в рощицу, где Адонис с Афродитой по вечерам предавались плотским утехам, и остановились отдышаться. Максимов привалился к шершавому стволу, с жадностью глотая свежий, напитанный ароматами трав воздух.

— Как вам удалось выйти из камеры? — вымолвил он меж двумя судорожными вдохами.

— Пустяки. — Анита дышала еще прерывистее, ей мешал тугой корсет под платьем. — Посветила свечой в скважину, увидела, что замок простой. Сделала восковой слепок, а потом из двух гвоздей смастерила отмычку.

— Умница! — восхитился Максимов и был одарен взаимным комплиментом:

— Твоя школа. Быть замужем за инженером и не освоить элементарные технические премудрости — согласись, было бы странно.

Алекс приник к ее губам. В нем все бурлило, хмель свободы ударил в мозг, вызволил из тайников всевозможные желания. Альковный антураж рощицы тоже действовал возбуждающе. Кабы не присутствие служанки, не удержался бы, поступил подобно Адонису.

Анита поймала его алчный взор, насупила бровки-ниточки. Максимов уныло кивнул. Что и говорить, случай отнюдь не располагающий к эротическим удовольствиям.

Вероника барских перемигиваний не заметила, ее заботило другое.

— Лексей Петрович, Анна Сергевна, куда ж мы теперь подадимся?

У Аниты все было просчитано заранее.

— Ты остаешься здесь, — скомандовала она Алексу. — Присматривай за лугом.

— Рахим вот-вот оклемается, поднимет тревогу...

— Искать нас рядом с бараком никто не станет. И не переоценивай наши особы. Поднимать по такому мелкому поводу роту солдат и прочесывать округу — слишком много чести.

— А ты куда?

— Прогуляемся с Вероникой в город. Хочу кое-что разузнать, пока есть время.

— В город?! Там же полиция, жандармы...

— Полиция и жандармы следят за неблагонадежными. После прошлогоднего восстания у них одна забота — вовремя вылавливать смутьянов. Мы выглядим прилично, к мятежу не подстрекаем, с какой стати кто-то вздумает к нам придираться? Мы не преступники, и наши портреты на столбах не развешаны. Успокойся.

— А если все же?.. — заикнулся Максимов, не вполне убежденный этими доказательствами.

— Тогда ты нас вызволишь. — Анита чмокнула его в щеку. — Все! Некогда... как это говорят в России?.. точить lyasi.

— Лясы, — поправил Максимов механически.

— Жди и никуда не уходи — по крайней мере, до вечера. Если к закату не вернемся, значит, что-то случилось. Но это маловероятно.

Максимов привык полагаться на рассудительность жены, поэтому хоть и без охоты, но принял ее доводы и занял позицию в рощице, укрывшись за огромным муравейником. С этой точки в просветах между деревьями просматривались и луг, и холм, и стоявший сбоку инфекционный барак. Вскоре после ухода Аниты и Вероники со стороны последнего донесся гвалт. Алекс вжался в дерн и напряг зрение. Возле дощатого строения возникли два санитара, один из них заглядывал в оконце и, по-видимому, переговаривался с запертым Рахимом.

Уверившись, что произошла подмена, санитары высадили дверь и вызволили бедолагу. Рахим вышел, качаясь, как моряк после длительного рейса, и визгливо затараторил по-румынски. Этим языком Максимов не владел, однако легко было догадаться, что опозоренный страж призывает скорее настичь беглецов. К его досаде, санитары не проявили рвения, ограничились двумя-тремя фразами и удалились восвояси. Следовало принять в расчет, что они доложат о случившемся руководству. Но пока оно среагирует, примет решение, кого-нибудь пришлет — пройдет целая вечность.

Схожее умозаключение сделал и Рахим. Сгорбившись и держась за ушибленный череп, он отпустил по адресу санитаров что-то оскорбительное и ухромал в другой конец барака, в свою сторожку.

Не ожидая более сюрпризов от своих бывших притеснителей, Максимов сосредоточился на холме и прилегавшем к нему травянистом ковре. Солнце просеивалось сквозь кроны лип, ласкало спину. После гадкой сумрачной будки Алекс ощущал немыслимое блаженство. Его разморило, он смежил веки и раскинулся в позе морской звезды, позабыв, где и для чего находится.

Из нирваны его вывел шелест шагов. Максимов вмиг поджался, как перед прыжком в воду, и с осторожностью выглянул из-за муравейника. Через рощицу шла пастушка. Сегодня она была отчего-то без козы, выглядела взволнованной и поминутно озиралась. Выйдя на луг, она сразу устремилась к каштану, и оттуда ей навстречу показался Адонис. Он, видимо, подошел чуть раньше и ждал ее, стараясь не маячить на виду.

Они зашептались, но Максимов, как ни старался, не разобрал ни слова. Адонис казался смурным и настороженным. Разговаривая, парочка посматривала то на верхушку холма, то на барак. Максимову подумалось, что они осведомлены о нависшей над ними угрозе, но не знают, откуда она исходит.

Если бы не наказ Аниты, он без раздумий подошел бы к ним и заговорил о вчерашнем субъекте с кинжалом. Но обещание есть обещание.

За шиворот заползли муравьи, он вытряхнул их и продвинулся вперед, сменив наблюдательный пункт, чтобы лучше видеть место основного действия.

На холме явилась черная фигура. Она как будто выросла из пологой вершины, и Максимов узнал давешнего типа в кожухе и барашковой шапке. Тот возвышался косматым фантомом, и на сей раз Адонис с Афродитой его заметили. Оба загалдели, Афродита попятилась к каштану, Адонис смело заслонил ее собой и выхватил из-под безрукавки нож, который выглядел не менее внушительно, чем оружие противника.

«Молодец, парень», — оценил его предусмотрительность Максимов и на всякий случай положил подле себя реквизированный у Рахима ятаган. Дело пахло поединком, и он не намеревался соваться туда, покуда дуэль будет идти честно. Но от гаврика в кожухе можно ожидать чего угодно. Что ж, коли возникнет надобность вмешаться, — извольте.

Афродита стояла, прижавшись к каштану, а дуэлянты кружили по лугу с выставленными клинками, как два клювастых беркута, готовящихся к схватке.

Первым выпад сделал разбойник в шапке — Максимов окрестил его так сразу и бесповоротно. Адонис отбил удар, сделав это, пожалуй, с излишним ухарством.

Рубились безмолвно, лишь надсадно кряхтели. Что до Афродиты, то она закаменела, как статуя, и не издавала ни звука.

Силы сражавшихся были примерно равны, и Максимов настраивался на затяжную борьбу, но все закончилось нежданно и трагически. Разбойник наседал на Адониса, тот отступал зигзагами, не видя, что там, позади. Кинжал вжикнул в вершке от его правого уха, Адонис инстинктивно скакнул влево и развернулся боком, пропуская врага мимо. Разбойник оказался между ним и каштаном, в который вжималась несчастная пастушка. Ослепленный азартом Адонис потерял ее из вида — девушку заслонял топорщившийся кожух.

— Кхо! — долетело до Максимова, который в зрительской ажитации дополз уже до кромки липовой рощи. Еще сажень — и вот он, луг, ставший гладиаторской ареной.

Адонис ринулся с ножом, метя разбойнику чуть повыше брюха. Убил бы наповал, однако вражина совершил трюк, достойный акробата Жана Родригеса Мюллера, — колыхнулся маятником, ушел с линии атаки и, перекувырнувшись через плечо, отскочил от земли, как мячик. Он встал на ноги, а Адонис, будучи не в силах сдержать удара, воткнул нож прямо в грудь Афродиты.

К такому чудовищному повороту никто не был готов. Максимов оцепенел и прирос к траве, Адонис выпустил рукоять ножа, издал дикий вопль и обхватил обмякшую красавицу. Разбойник подскочил к нему, занес кинжал. По логике должен был последовать финал в духе Шекспира, где выживший персонаж — большая редкость. Но, видя отчаяние Адониса, разбойник вдруг проявил человечность, опустил кинжал и склонился над умирающей.

Максимов, опомнившись, взялся за ятаган, приготовился выскочить из укрытия, но кто-то сзади удержал его:

— Нет, Алекс! Никуда не беги!

Он обернулся. Анита стояла перед ним, запыхавшаяся, утомленная, в разодранном платье — явно после пробежки через лес.

Он заговорил вполголоса, срываясь на сип:

— Убили!.. Все, как ты предсказывала... Зови полицию, а я задержу этих!

— То, что сейчас произошло, — еще не самое жуткое. Бежим! Мы должны успеть...

Парадоксальные слова она произносила, Максимов ничего не понял.

— Куда бежим? О чем ты?

Краем глаза он смотрел на луг. Адонис рухнул на колени и патетическим жестом раскрылил на груди безрукавку, предлагая разбойнику совершить справедливое возмездие. Но тот придерживался другого мнения. Он сурово что-то прокаркал, показал на Афродиту, неподвижно лежавшую под каштаном. Она, безусловно, была мертва, — с раной, нанесенной таким могучим ударом, выжить невозможно.

Повинуясь врагу, который внезапно стал союзником, Адонис поднял пастушку на руки и зашагал с нею за холм. Разбойник шел за ним.

Максимов, никем не удерживаемый, выбежал на луг.

— Они уходят!

— Пусть! — Анита дернула его за рукав. — Я знаю, куда они отправятся. Есть короткая тропинка... Алекс, ты меня слышишь?

— Да.

— Тогда делай то, что я говорю, и ни о чем не спрашивай!

Анита прижала к телу неуместно пышный сейчас подол платья и помчалась обратно через лес. Алекс нагнал ее, а потом и обогнал. Размахивая ятаганом, расчищал путь. Анита оценила его старания.

— Смотри только, не задень меня этой штукой...

— Не задену. — Максимов снес низко нависавший сук и увидел, что тропинка раздваивается. — Куда дальше?

— Направо. Когда выбежим из леса, увидишь впереди овраг. Он нам и нужен.

— А где Вероника?

— Там. — Анита, силясь угнаться за ним, дышала все прерывистее. — У нее ответственное задание... — И прибавила раздраженно: — Алекс, мы же условились: все вопросы потом.

Липовая роща кончилась. Насчет оврага можно было и не предупреждать — ноги вынесли Максимова на покатый склон и понесли дальше, на дно глубокой ложбины. Он еле успевал переставлять их, чтобы не упасть и не покатиться кубарем.

Кто это внизу? Веронику в ее оборках и цветастой косынке не признать невозможно. Но она не одна — склонилась над кем-то. Максимов насилу умерил бег, встал, раздувая легкие, словно кузнечные мехи, и замер, ошарашенный увиденным.

В овраге лежала девушка, одетая точь-в-точь как пастушка на лугу у холма. По виду целая и невредимая, только связанная. Вероника возилась с веревками, стараясь распутать хитроумные узлы. Анита еще на бегу разразилась бранью:

— Baca sin cerebro[1]! Ты все еще валандаешься?!

Слово «valandatsa» было у нее одним из самых любимых. Она выучила его почти сразу после приезда в Россию.

— Анна Сергевна! — взмолилась Вероника плаксиво. — Гляньте, как затянули ироды... Нипочем не развязать!

— Ajutor!.. — простонала скрученная по рукам и ногам страдалица.

Ни Анита, ни Алекс, ни тем более Вероника румынского не знали, но по интонации и так было понятно, что прозвучала просьба о помощи. Максимов ятаганом рассек пеньковые волокна и освободил горемычную. Она попробовала встать, но затекшие конечности не слушались. Охнув, она села на слежавшуюся глину, выстилавшую овраг.

— Пожалуйста... вставай! — обратилась к ней Анита, для пущей доходчивости раз-

---

[1] Безмозглая корова (*исп.*).

машисто жестикулируя. — Нет времени ждать, они сейчас прибегут!

А они уже прибежали. Топоча, как табун лошадей-тяжеловозов, по склону сбегали разбойник в барашковой шапке и Адонис. По всему было заметно, что их враждебные чувства друг к другу окончательно улетучились, они бойко переговаривались между собой и, что удивительно, делали это на чистейшем русском.

— Может, надо было ее сразу... того? — вопрошал Адонис пронзительной фистулой.

— Дурак! — хрипел разбойник. — Пока мы с тобой на лугу козлами скакали, она бы уже окоченела. Здесь в полиции эксперт из Петербурга, он не идиот, с него станется заподозрить...

Но поразительнее всего оказались не пробудившиеся в этих двоих лингвистические способности, а то обстоятельство, что за ними рысила свежезарезанная Афродита. На ее рубашке Максимов не разглядел ни порезов, ни кровавых брызг, да и передвигалась она так споро, что предполагать наличие у нее проникающего ранения в области сердечной мышцы было нелепо.

— Опоздали... — выдавила Анита. — Теперь защищаться... Вероника, дай-ка мне вон ту дубину!

Горничная, свыкшаяся с тем, что ее повелители вечно попадают в передряги, не стала причитать. Она метнулась и принесла госпоже корявую палку, валявшуюся невдалеке, а сама, не найдя ничего более подходящего, вооружилась булыжником. Максимов очнулся от оцепенения и приподнял ятаган, приготовившись к обороне.

Разбойник, Адонис и чудом воскресшая луговая чаровница скатились с уклона и лицом к лицу столкнулись с теми, кого совсем не рассчитывали здесь встретить.

— Добрый вечер, Юрий Антонович, — вежливо сказала Анита. — На бал-маскарад собрались? Этот костюмчик вам идет, а уж грим и вовсе бесподобен...

Ольшанский! То-то в голосе разбойника Максимов уловил что-то слышанное ранее, да с ходу не сообразил.

Генерал в бандитских отрепьях учтивости не проявил — обращение проигнорировал, оскалился и взмахнул кинжалом. Металл звякнул о металл — это Алекс пустил в ход ятаган. Вызволенная из силков румынка робко заскулила и отодвинулась от ристалища.

Турецкий ятаган был куда длиннее кинжала, и Максимов с самого начала получил преимущество. Он напирал на Ольшанского (только вблизи рассмотрел, что тот смахивает на ярмарочного скомороха с приклеенными усами и подведенными углем бровями), а генерал отступал, яростно защищаясь. Шапка слетела с него, обнажив взопревшую лысину. Можно было ускориться и решить бой удачным ударом, но Максимов вынужден был держать в поле зрения еще и Адониса, который подкрадывался сбоку со своим — уже не бутафорским! — ножом. Где-то позади притаилась Афродита, она по-кошачьи напружинилась и что-то замышляла.

— Алекс, осторожно! — выкрикнула Анита и огрела Адониса дубинкой по загривку.

Тотчас мнимая пастушка разъяренной тигрицей сиганула на нее. От толчка Анита выпустила палку, но сумела сжать тянувшиеся к горлу пальцы с длинными ногтями, больше похожими на звериные когти.

— Анна Сергевна! — заблажила Вероника. — Держитесь! Щас я эту стерву...

Она пританцовывала с камнем в руке, прикидывая, как бы половчее тюкнуть коварную негодницу и не задеть при этом хозяйку. А та уже повалила Аниту, и они покатились, сплетясь, как пара змей, и влипая в глину.

Адонис встряхнулся и вновь стал подкрадываться к Максимову.

— Вероника! — прокричала Анита, упершись коленкой в живот своей противницы. — Помоги Алексу! Я справлюсь...

Горничная швырнула каменюку в Адониса и угодила точнехонько под дых. Негодяй сложился пополам, Максимов, изловчившись, лягнул его ногой и сшиб, как кеглю.

Одним меньше. Пора заканчивать с Ольшанским и вызволять Аниту.

— Ну что, Юрий... мать вашу... Антонович? Наигрались?

Развернулось сверкающее полукружье — ятаган взрезал наползшую в овраг вечернюю дымку. Бум! — кинжал вырвался из пятерни генерала и, вращаясь австралийским бумерангом, улетел саженей на пять.

Максимов приставил острие к дергавшемуся кадыку Ольшанского.

— Сдаетесь?

Юрий Антонович совершил неуловимое движение, невероятное при его комплекции, оказался вне досягаемости клинка и вытащил из своих лохмотьев револьвер. Это был шестизарядный «Кольт Уокер» сорок четвертого калибра. Его громоздкость — удлиненное дуло, вес в пять фунтов — с лихвой компенсировалась прочими характеристиками: он бил прицельно на сто ярдов, а уж продырявить человека с расстояния в шесть-семь шагов мог даже слепой.

— Наигрались, Алексей Петрович? — насмешливо повторил слова Максимова подлый генерал. — Бросайте вашу железяку, она вам не понадобится... Впрочем, сдачи не требую. Я вас все равно пристрелю, вы же понимаете?

Пасть бы Алексу смертью храбрых, но в битву вмешалось еще одно действующее лицо. Сминая чахлые кустики, в овраг ссыпался Адонис номер два — фигурой и одеждой он был похож на первого, как близнец. Максимов, хоть и находился на волосок от гибели, невольно подивился: сегодня что, парад двойников?

— Мерзавцы! — загремел новичок без какого-либо акцента. — Гнусные твари!

— Жоржи! — взвизгнула румынка, отползшая уже на изрядное расстояние.

Он адресовал ей взгляд, полный симпатии, убедился, что с ней все в порядке, и направил свой бег в самую гущу сражения. Генерал, отвлекшись от Алекса, выпалил из револьвера, но пуля ушла в небеса. Два скачка — и Максимов, приблизившись к Ольшанскому вплотную, шарахнул его ятаганом по плешивой макушке. Специально повернул лезвие плашмя, чтобы не убить, а только оглушить. Юрия Антоновича повело, он опрокинулся навзничь и закрыл глаза.

— Готов!

Рядом вспыхнула новая стычка — это схватились врукопашную два Адониса. Максимов подобрал валявшийся в желтой глиняной пыли «Кольт Уокер» и деликатно осведомился:

— Милостивый государь, вам помочь?

Вопрос предназначался, конечно же, Адонису-второму. И оказался праздным, поскольку раунд завершился в считаные мгновения победой доброго начала над злым. Приспешник Ольшанского, поверженный на обе лопатки и схваченный за выю, истошно взвыл:

— Пощады! Я ничего не делал... никого не убивал!

— Да уж видим... — молвила Анита, отдуваясь и поправляя вконец испорченное платье. — Из тебя душегуб, как из Алекса архиерей.

И где набралась таких выражений?

На спасение благоверной Максимов не поспел — она, как и обещала, справилась самостоятельно, а вернее, при содействии Вероники, которая за волосы оттащила от нее царапавшуюся и верещавшую от бессильной злобы Афродиту. О да, пастушка уже не казалась Максимову ангельским дитятей, ее лицо, размалеванное так же густо, как и у подельников, исказилось, по нему ручьями текли слезы, но они не вызывали сострадания.

Меж тем все участники завершившегося побоища стали очевидцами истинного любовного союза. Адонис — не поверженный и трясущийся, а другой, взаправдашний —

бережно поднял прекрасную румынку, истово расцеловал и зарылся губами в ее локоны, повторяя:

— Марица! Марица! Как же я так?..

— Не казнитесь, сударь, — обратилась к нему Анита. — Все закончилось благополучно. Давайте-ка свяжем этих прохвостов, пока не разбежались. Как вас, кстати, зовут?

— Георгий Михайлович.

— Ольшанский?

— Да... Откуда вам ведомо?

— Секрет Полишинеля... — Она усмехнулась и оторвала от рукава висевшую на двух нитках манжету. — Ваша история в общих чертах мне известна, но было бы любопытно услышать ее целиком.

— Мне тоже, — не вытерпел Максимов, которому осточертело присутствовать здесь на правах ничего не ведающей марионетки. — Что все это значит, черт возьми? И кто эти люди?

Он ткнул в сторону нахохлившихся пленных.

— Ах да! — Анита наконец явила милость и снизошла до пояснений. — Перед тобой актеры крепостного театра помещиков Ольшанских. Твою Афродиту на самом деле величают Прасковьей, а Адониса — Кузьмой. Я больше чем уверена, что за надлежащее выполнение задания им обещана вольная. Иначе б они так не усердствовали.

Она коснулась ссадины на подбородке.

— А этот? — Максимов поддернул за шиворот очухавшегося генерала-разбойника. — Тоже крепостной?

— Нет. Это родной брат госпожи Ольшанской. Имя и отчество подлинные, а фамилия... Собственно, какая разница? Насколько могу судить, он и правда был когда-то военным, это подтверждают выправка и умение обращаться с оружием. Но на генерала все-таки не тянет.

— Не послушалась меня Наталья, — процедил Юрий Антонович сквозь зубы. — Было у меня предчувствие, что с вами неприятностей не оберешься...

Настоящий Ольшанский, тот, который Георгий Михайлович, подвел к Аните и Алексу свою румынку, и она неуклюже исполнила что-то вроде реверанса.

— Это моя невеста, — представил он ее с трогательностью в голосе. — Все, чего мы жаждем, — быть вместе. Но нам мешают.

— Остолоп! — свирепо пробурчал лже-генерал. — На что надеешься? Никто тебя с этой чернавкой не обвенчает. При законной-то супружнице...

— Что-о? — взревел Георгий Михайлович и вырвал у Максимова ятаган. — Извольте встать и защищаться! За оскорбление вы мне заплатите кровью!

Ряженый не шелохнулся и посмотрел с безразличием.

— Бросьте вы его, — попросила Анита вспыльчивого жениха. — Он уже отвоевал. А наша баталия еще продолжается. Пора ставить точку.

...Переодевшись и второпях сполоснув измазанное глиной лицо, Анита в сопровождении Алекса отправилась в особняк с атлантами и кариатидами. Им открыл слуга в косоворотке, проворчал неприветливо:

— Кого нать?

— Позови барыню, милейший, да поживее, — потребовал Максимов.

— Барыня почивать изволят. Не велели будить.

— Хорошо, — согласилась Анита. — Тогда, как проснется, передай, что своего братца она получит в полиции. Кстати, ее показания тоже потребуются.

Мужик захлопал зенками, а по мраморной лестнице уже спускалась, мелко переставляя ноги в замшевых пантуфлях, госпожа Ольшанская.

— Вы?! — воззрилась она на пришедших. — Вас выпустили?..

— Считайте, что так. — Анита смерила ее взглядом, не предвещавшим ничего хорошего. — Никакой оспы у Алекса не было, и вам это известно. Что вы подмешали нам в еду?

— Вы бредите! — Наталья Гавриловна изобразила возмущение. — Мы сидели с вами за одним столом, ели то же самое!

— Это да. Но я подметила, что африканский огурец положили только нам с Алексом. Я едва притронулась, а Алекс умял свою порцию полностью. Это ведь очень редкий плод, так? Вероятность, что мы его никогда не пробовали и не знаем вкуса, была почти стопроцентной. Так что вы вполне могли вымочить его в какой-нибудь гадости, которая вызывает реакцию, похожую на признаки оспы.

— Я об этом не подумал, — признался Максимов, восхищенный проницательностью Аниты. — Но для чего это понадобилось?

— Схема, если вдуматься, логичная. Требовалось запереть тебя в изолятор. Есть эпидемия оспы, распоряжение властей насчет карантина. Оставалось подкупить Рахима или кого-то еще из персонала и договориться, чтобы тебя поместили не абы куда, а в торцевую комнату с видом на холм и луг.

— Зачем?!

Анита переглянулась с Ольшанской, чье румяное лицо на глазах теряло краски и бледнело.

— Сами расскажете? Нет? Тогда я... Видишь ли, Алекс, у Натальи Гавриловны не сложилась личная жизнь. Первый муж скончался от чахотки, второго... к слову, он как раз и был генералом от инфантерии... сразила шальная пуля на Кавказе. Нет у нее и сына Васеньки — это выдумка. Пребывать к сорока пяти годам в статусе бездетной дважды вдовы — та еще фортуна... Но на ее пути возник Григорий Михайлович Ольшанский, с которым мы сегодня имели честь познакомиться. Статный красавец, лет на пятнадцать моложе. Допускаю, что с его стороны имела место корысть, ибо имение у Натальи Гавриловны и впрямь богатое. Так или иначе состоялась свадьба, семейное счастье длилось года полтора, а потом Григорий Михайлович, будучи профессиональным этнографом, уехал в командировку в Румынию — собирать фольклор. И не вернулся.

— Не вернулся? — переспросил Максимов. — Это как?

— Отыскал себе зазнобу. Пусть и крестьянского происхождения, зато по летам, невинную, очаровательную... Да ты ее видел. Наталья Гавриловна ждала-ждала, письма писала, а на них — ни ответа ни привета. Обеспокоилась, отправила гонцов, они все разведали и доложили, что ее муженек сошелся с некой Марицей, живущей на хуторе близ Констанцы, и пребывает с ней в довольстве и неге. Так как ее родители на брак не соглашались... а по мне, просто набивали цену, желая продать ее повыгоднее... Григорий Михайлович поселился отдельно, слился, если можно так выразиться, со средой, зарабатывал учительством, а свободные минуты проводил со своей... как ты ее назвал?.. Афродитой?

— Не ее, а другую, — бормотнул сконфуженный Алекс.

— Не суть. Наталья Гавриловна воспылала гневом и в приступе неистовства придумала чудовищный план, как устранить разлучницу и вернуть любимого.

Пышные ланиты Ольшанской сделались белыми.

— Откуда вы все это взяли? — задребезжала она, шевельнув пересохшим ртом. — Что за чушь!

Ее зрачки заполыхали огнем, она стиснула холеные пальцы — вот-вот набросится.

Но Аниту нелегко было вывести из равновесия.

— Вы привезли сюда столько дворни... Моя служанка Вероника — а глаз у нее наметанный — вычислила самых болтливых, они ей все и выложили. А я тем временем расспросила хуторян относительно Григория Михайловича и Марицы. Общая картина вырисовалась ясно, а прочее несложно было достроить дедуктивным методом.

— И что же вы достроили?

— А вот что. Вы отправили своих верных людей — актеров-самоучек — разыграть перед Алексом водевиль. Было очевидно, что, запертый в карцере, он волей-неволей станет глядеть в окно. А там — восхитительное действо в духе Дафниса и Хлои. Надобно признать, что свои сценические этюды они разыграли отменно. Правда, Алекс?

Максимов промычал что-то невнятное. Стыдно было признаться, что кривлянья доморощенных лицедеев он принял за проявление возвышенной страсти.

— Затем, — продолжала Анита невозмутимо, — настала пора подключиться Юрию Антоновичу. Он выступил в амплуа ревнивца, который тоже якобы имел виды на Марицу. Я узнала: недавно в хуторе был на постое цыганский табор, и какой-то конокрад решил приударить за ней. Григорий Михайлович дал ему отпор, и вскоре табор удалился в неизвестном направлении. Но ведь нетрудно было сочинить, что цыган воротился, чтобы свести счеты с соперником.

— По-моему, в вашем стремлении фантазировать вы переходите за грани, — проскрежетала госпожа Ольшанская. — Насколько я понимаю, из карантинного заведения вы сбежали. Это прямое нарушение санитарных инструкций. Я велю своим холопам препроводить вас куда следует.

Она потянулась к шнурку, висевшему сбоку от входной двери.

— Не торопитесь, — обезоруживающе улыбнулась Анита. — Вы отстали от жизни. Эпидемию удалось обуздать, с сегодняшнего дня срок обязательного карантина сокращен до пяти суток, циркуляр об этом вывешен на городской площади. А пять суток мы уже отбыли.

Рука Натальи Гавриловны опустилась, на ее белом лице появились зеленые пятна.

— Чего вы хотите? — проговорила она тихо

— Для начала досказать. Пока ведь все верно, да? Я ни в чем не ошиблась? Вижу, что нет... Ваш брат должен был подыграть главным героям, в результате чего Алекс стал бы свидетелем непреднамеренного убийства злосчастной румынки. Расстояние было подобрано с таким расчетом, чтобы он разглядел фигуры и одежду, а лица — очень смутно. Что потом? Он, конечно, поднял бы шум, добился вызова полиции, и она нашла бы в овраге неподалеку бездыханный труп Марицы. Ее похитили из виноградника, где она работала одна, связали и приволокли в овраг — я это видела, но поблизости не оказалось никого, кто сумел бы ее отбить.

Максимов слушал внимательно, но далеко не все из сказанного укладывалось в его сознании.

— А что было бы дальше?

— Дальше? Ты выступил бы главным свидетелем, подтвердил на следствии, что Марицу убили у тебя на глазах, и подробно описал убийцу. О любовном пыле Григория Михайловича осведомлен весь хутор, ему было бы не отвертеться.

— Но показания мог дать и ее брат. — Алекс кивнул на одеревеневшую Ольшанскую.

— Он не имел права раскрывать свою личность, ему пришлось бы придерживаться роли бродяги. Ты — другое дело. Дворянин из Петербурга, офицер с безупречной репутацией. Твоему слову поверили бы безоговорочно.

— То есть вы планировали избавиться от соперницы и засадить мужа в тюрьму? — повернулся Максимов к Ольшанской.

Наталья Гавриловна распахнула ресницы, опалила его огнем, но ничего не сказала.

— Нет, Алекс, я уверена, что ее прожект состоял в другом. Отправить Марицу на тот свет — да. Но сгноить мужа в каземате... Незачем было тогда, как выражаются русские, gorodit ogorod. Убийство обставили как неумышленное, чтобы иметь возможность оправдать подсудимого. Тут все очень тонко... Представь себе: упекли его в кутузку, ждет он судебного заседания, а к нему на свидание приходит жена. Ставит условие: если он желает освобождения, то должен поклясться, что вернется к ней и навсегда забудет о всяческих интрижках. В противном случае она не станет нанимать адвоката, а наоборот, даст денег обвинителю, чтобы тот добился максимального срока. Как, по-твоему, пошел бы он на такую сделку, особенно если учесть, что Марица для него потеряна навсегда?

— Но что ему стоило пообещать, а потом нарушить клятву?

— Сомневаешься в его честности? Он аристократ, его отец — граф, хоть и обнищавший... И потом — Наталья Гавриловна всегда могла пригрозить, что добьется пересмотра дела об убийстве. Он жил бы, как под дамокловым мечом.

— Насильно мил не будешь, — изрек Максимов избитую мудрость. — Незавидное счастье она ему готовила...

Ольшанская окрасилась в цвет медного купороса и сорвалась на крик:

— Довольно! Мне надоело выслушивать ваши измышления... Прохор, Митяй, Афанасий, ко мне! Вышвырните их вон!

Из неосвещенных углов призраками выдвинулись три здоровенных детины и, засучив рукава, обступили гостей. Максимов потянулся к заднему карману, чтобы достать предусмотрительно взятый пистолет, но с хряском отворилась дверь, и в дом вошли пятеро жандармов, а с ними — Григорий Михайлович.

— А, моя ненаглядная! — провозгласил он с издевкой, протягивая руки к злокозненной супруге. — Приехала навестить меня? Давненько не виделись.

— Подонок! — бросила она ему с надрывом. — Ты растоптал мои чувства...

— Боже мой, сколько пафоса! Господа, — это относилось уже к жандармам, — будьте добры, проводите ее в участок.

— По какому праву? — Ольшанская поглядела на свою челядь в поисках поддержки, но детины остереглись связываться с блюстителями порядка и рассосались по углам.

— Тебе тоже придется ответить. Твои актеришки и мой обожаемый шурин во всем сознались, очередь за тобой.

Наталья Гариловна разрыдалась, а Анита толкнула Алекса локтем и указала глазами на выход.

Позже они сидели за столом в снятом в Констанце небольшом домике, далеко не таком фешенебельном, как особняк Ольшанских, и пили молдавское вино. Потягивая из фужера коралловую жидкость, Максимов не переставал восторгаться супругой:

— Ты молодчина... Но разрази меня гром, не возьму в толк, как ты обо всем догадалась!

— У меня уже имелись сомнения по поводу Ольшанских... Когда русские помещики выезжают в Европу, они стараются походить на европейцев. Им как будто совестно за свою русскость. А тут — сарафаны, яловые сапоги, вышитые рубахи... Недоставало только самоваров с балалайками. Ольшанская и ее свора приманивали к себе соотечественников, выбирая того, кто подошел бы им для осуществления плана. Попался ты...

— Но они и тебя засадили в барак...

— Наталья Гавриловна неглупа, она смекнула, что я буду помехой.

— Она тебя недооценила.

— Возможно. Но ты, признаться, меня удивил... Столько дней любовался из окна на балаганных шутов и не раскусил, что все это — сплошная клоунада.

Максимов потупился. Не делиться же с Анитой воспоминаниями о том, как карамельно ныло под ложечкой, когда Афродита, чтоб ее леший забодал, павой выступала из рощицы. Мужской взгляд на женщину всегда пристрастен, сердце доверчиво, а рассудок склонен к иллюзиям.

Анита не стала выпытывать его потаенные мысли. Она отодвинула фужер и как бы невзначай проронила:

— А ты помнишь мои любимые строки из Овидия?

— Помню. — Алекс встал из-за стола и расстегнул ворот. — Но к тебе они не относятся.

Он взял ее за плечи и повлек в спальню.

ИННА БАЧИНСКАЯ

• СТОЛКНОВЕНИЕ •

Ехали на тройке с бубенцами,
А вдали мелькали огоньки...
Эх, когда бы мне теперь за вами,
Душу бы развеять от тоски!..
Ехали на тройке с бубенцами,
Да теперь проехали давно!

Константин Подревский
«Дорогой длинною»

Деловые партнеры пожали друг другу руки и попрощались. Карл призывно махнул такси, а Игорь не торопясь пошел по вечернему городу в сторону башни. По авеню де Нью-Йорк, шумной, яркой, сверкающей, с бесконечным потоком галдящих туристов. В гостиницу рано, делать все равно нечего. Это был его третий вечер в Париже.

В первый он бродил по улицам, «впитывал» в себя дух Парижа. Лиза просилась с ним, но кто ж суется со своим самоваром в Париж? Сиди дома, клуша, занимайся хозяйством. Нечего тебе там делать, лавок достаточно и дома. Сказал, что будет занят, твердо пообещал парижские каникулы... когда-нибудь. Вот тогда и оторвешься по бутикам! Лиза надулась.

Настроенный на игривый лад, он шел через крикливую толпу, заглядывая в глаза женщинам, ожидая искры, роковой встречи, счастливой случайности. Увидел здоровенного детину в клетчатой юбке, играющего на волынке. Тот раздувал красные щеки, хмурился от напряжения и притопывал ногой в здоровенном солдатском ботинке. Через квартал старик в берете крутил шарманку с картинками. Этот был похож на француза, правда, когда какой-то зевака зацепился за распорки его инструмента, старик выругался по-польски. На углу сидел смуглый тип в чалме, размахивая зажатой в руке дудочкой, что-то доказывал французскому копу... *Ажану*! Перед типом лежал на тротуаре кожаный мешок, в который тыкал пальцем полицейский. Неужели кобра?

Гомонящая разношерстная толпа утомила его, он чувствовал, как вянет на корню прекрасное ожидание парижских чудес. А где парижанки? Те самые, выпархивающие из карет, всякие субретки, модистки, актриски варьете? Игривые, живые, флиртующие? Готовые к прекрасным мимолетным ни к чему не обязывающим отношениям?

Его удивило обилие африканцев. На тротуарах валялся мусор. Зазывала затащил его в автобус с экскурсией «Вечерний Париж». Он спросил «Монмартр», и тот залопотал что-то, оживленно размахивая руками — по-видимому, убеждал, что да, а как же, конечно, куда ж без Монмартра! Он глазел в окно, напрасно пытаясь выловить знакомые слова (хоть одно) из того, что кричал в микрофон гид, тощий неряшливый кадыкастый парень, и не мог. Резкий пронзительный голос бил по ушам. На первой же остановке, у площади Шарля де Голля, он удрал. Постоял перед Триумфальной аркой, пытаясь вспомнить, зачем ее построили. Кажется, что-то связанное с Наполеоном, возились чуть не полвека. Сейчас сделали бы за год-два. Решил, что впечатляет, солидное сооружение, удачная подсветка, видно издалека. И Вечный огонь... Интересно, какая высота... Прикинул: метров пятьдесят? Больше? Вроде еще музей внутри, вспомнил. Надо будет почитать. Мысленно поставил галочку, отметился.

Достал из папки карту, нашел арку и площадь... Площадь-звезда, лучи во все стороны. Точно, звезда. Елисейские Поля! Он вспомнил рекламный проспект, подобранный в холле гостиницы... Шанз-Элизе, рай для влюбленных. Это в каком же смысле? Широченная прямая улица, похоже, через весь город... А он думал, вроде парка с кафешками. А при чем здесь рай?

Он махнул такси и произнес: «Монмартра». Он знал, что там кабаре, театрики, рестораны и кафе. Уличные художники... Все известные отметились на Монмартре. Бурная ночная жизнь, кто не видел Монмартра, тот не видел Парижа. Все знают. Таксист в чалме о чем-то спросил, он не понял и повторил внушительно: «Монмартр»!

Кривые улочки, старинные дома, а где... все? Белая церковь, даже целый собор. Красиво, но не то. «Мулен Руж», — вспомнил он.

— «Мулен Руж»! Силь ву пле!

Оно! Узнаваемый красный разлапистый ветряк, громадные красные буквы, чувствуется... э-э-э... известная свобода, никаких условностей, недаром они все отсюда не вылазили! Он ухмыльнулся. Задранные юбки, канкан, богема, кутежи! То, что надо.

Увы! В тот вечер шоу не было. На афише с названием «Feerie» выплясывали полураздетые девушки с ногами от ушей. Не судьба. Черт! А завтра ужин у Карла... У него мелькнула было мысль отказаться, но дело есть дело, у него свои планы для Парижа, и Карл ему нужен.

Он вернулся в гостиницу, решив, что впечатлений для первого вечера более чем достаточно.

Потом был ужин в шато Карла. Отдельная песня...

Сегодня его третий вечер, а он даже города толком не видел. Вкалывал. Недаром, как оказалось. Договор у него в кармане, сделка состоялась, куш сорван приличный. Напряжение спало, и сейчас он чувствовал приятное опустошение. Голова была как воздушный шарик, даже слегка покачивалась, как шарик на нитке. Возможно, от шампанского. Легкого, как паутинка... Не привык он к шампанскому, несерьезный напиток. Сейчас бы зашарашить стакан водки! А Карл любит. Тонкий длинный похожий на женщину Карл любит шампанское. Похож-то он похож, но хватка железная. И скуп — выкручивал руки и торговался за каждую копейку. И все с улыбкой, дружески похлопывая по плечу, а глаза холодные и настороженные. Акула! Ну мы тоже не лыком шиты, нас голыми руками не возьмешь. Он его все-таки додавил, несговорчивого высокомерного Карла, готельера и спекулянта, неизвестно с какого дива решившего приобрести в их городе обанкротившийся «Хилтон», «подхваченный» пару лет назад им, Игорем Колосовым, по смешной цене в полмиллиона зеленых. Теперь же разница между ценой купли-продажи составила примерно полтора миллиона.

Чувствуя приятную расслабленность, в самом прекрасном расположении духа, беззаботно сунув руки в карманы брюк, он шел по улице, проталкиваясь через гомонящую и смеющуюся карнавальную толпу. Галстук он снял еще в холле и положил в карман. Вечер был мягким и теплым, густым от сложной смеси запахов кофе, влажного асфальта и того слабого и неуловимого упоительного благоухания ранней парижской весны — то ли нарциссов, то ли духов, смешанных с парами бензина. Ему уже казалось странным, что он не принял Париж в первый вечер. Устал, наверное. Да и предстоящая сделка давила... Зато теперь он чувствовал себя здесь своим! Париж нужно почувствовать душой, кожей, ушами, и тогда он раскроется. Когда-то он увлекался французским шансоном, даже пел под гитару, старательно грассируя... «Под небом Парижа»... *«Су ле сьель де Пари...»* Голос женщины, той, культовой — сильный, пронзительный, бьющий по нервам, неумирающий, неувядающий, — звучит в ушах. Визитная карточка Парижа. Как и башня... Кстати, завтра последний день, надо бы посмотреть город с высоты птичьего полета... И закупиться, семейство вручило целый список. «Мулен Руж», к сожалению, опять пролетает. Оказалось, билеты надо заказывать заранее. Ничего, он сюда обязательно вернется...

Азнавур, Ив Монтан, Адамо... Жак Брель был любимым. Шарм, сумасшедшее рычащее раскатистое «р-р-р», дерзость! Ему казалось, они похожи. Он пытался изо всех сил подражать, даже на курсы записался, рычал перед зеркалом, повторял интонации и движения. Сокурсники торчали на американосах, а он на старом французском шансоне. Хотя что значит старый? Не стареет классика, вечная весна. На любителя.

Он скользил взглядом по женским лицам. Француженки, парижанки... А как же! Какой Париж без парижанок! С разочарованием понял, что не цепляет. Наши женщины красивее. А эти и одеты как попало, серые мышки... Правда, легкость, стремительность, готовность улыбнуться — этого не отнять. Взять жену Карла, Оди́» — лягушачий рот, скрипучий голос, плоская, как доска, но! Улыбка, живость, приятный смех, изящна... Французский шарм. А вот та, что приходила к Карлу, очень даже ничего. Да что там ничего! Шикарная женщина! Они чуть лбами не столкнулись, он пропустил ее вперед, она кивнула небрежно. Королева! А как одета! Черная шляпа с полями, белое пальто с большими черными пуговицами, изящные лодочки на невысоком каблуке... Тонкие щиколотки! Он всегда смотрит на их щиколотки — после того как прочитал где-то, что тонкие щиколотки — признак аристократизма. И голос, низкий, самоуверенный. Мадам Леру, секретарша, только честь не отдала, залепетала, руками машет. Тоже уродина, прости господи! Не иначе Оди́» постаралась, самолично выбрала секретаршу супругу. И нежный сладкий аромат... Отошла к окну, спина прямая, осанка... Манекен! Видимо, решила подождать. Мадам Леру спрашивает, как ему гостиница, «лучшая поблизости», старалась, мол, чтобы рядом с офисом, а он прямо одурел, не сразу врубился, о чем она, глаз не может отвести от той. А она повернулась, что-то недовольно чирикнула и ушла, снова небрежно кивнув. Он думал спросить у Карла, кто такая, да как-то не получилось. Интересно, что их связывает. Вряд ли... гм... Слишком хороша для него.

Вдруг на него с размаху налетела женщина. Вскрикнула, шарахнулась. На тротуар упала и раскрылась сумочка, оттуда вывалилась всякая дамская дребедень — блестящий тюбик губной помады, шариковая ручка, несколько монет, шоколадка в золотой фольге, какие-то бумажки. Она присела на корточки, стала торопливо сгребать. Он тоже опустился на корточки и стал помогать. Сияла над их головами Эйфелева конструкция, потоком тянулись авто, народ стоял, подпирая стены кафешек, гулял, стремительно шагал — на них ноль внимания. Этого у них не отнимешь, не пялятся, все по фигу.

— Pardon, madam, — сказал он. — Sorry! — И про себя: «Надеюсь, она понимает по-английски». Его французский был никаким. Несмотря на курсы... Когда это было! А вот английский вполне сносен.

Женщина что-то пробормотала и прижала сумочку к груди. Он подхватил ее под локоть, помогая встать. Она подняла на него глаза. Бледная, с бесцветными прядями, упавшими на лоб, никакая...

— Лена? — вдруг произнес он, отступая, чтобы рассмотреть ее. — Лена Баркаш? Ленка, ты?

— Игорь? — Она попыталась улыбнуться. — Ты здесь?

— Ленка, глазам своим не верю! Вот так запросто, на улице, и где? В Париже! Так не бывает, ущипни меня, я сплю! Пошли, посидим где-нибудь, поговорим.

— Игорь, я не могу, честное слово, — пролепетала она, но он уже не слушал. Схватив женщину за руку, он тащил ее к ближайшему кафе...

Маленький зал в рюшах и оборках, запах свежих булочек и кофе, на столиках вазочки с живыми фиалками. Они сели...

Он, улыбаясь, рассматривал ее. Когда-то они были близки... когда?

— Лен, когда это было? — спросил он, накрывая ее руку своей. — Помнишь?

— Семнадцать лет назад, — сказала она и попыталась выдернуть руку, но он не отпустил. — Это было семнадцать лет назад.

— Как будто вчера... Я думал, мы навсегда вместе, а ты выбрала француза. Как его? Ришар? Жан?

— Его звали Жиль.

— Звали? Вы что, разбежались?

— Мой муж умер шесть лет назад. — Голос ее был бесцветным, ровным, на мужчину она не смотрела.

— Я не знал, извини. Хорошо хоть жили? Что он был за человек?

— Нормально жили. Хороший человек. Француз...

— Ты говорила, у него своя галерея, продает картины.

— Да.

— Ты говорила, что будешь работать у него, что у вас много общего.

Женщина пожала плечами и промолчала.

— Ты же искусствовед, я помню. Как же ты тянешь бизнес одна? — Он скользнул взглядом по ее простой одежде, бледному, усталому лицу, тонкой жалкой шее. Отвел глаза.

— Галереи больше нет. Бизнеса тоже. Выживают самые крупные галереи и аукционы, мелкие уходят. Картины перестали покупать, да и художников расплодилось... Все упирается в рекламу, любую бездарь можно раскрутить похлеще Леонардо... — Она помолчала, потом неохотно закончила: — Понимающих и меценатов все меньше, а все больше воинствующее невежество.

— Очень тебя понимаю. Я, так сказать, не чужд! Уже лет десять собираю картины, много местных авторов, у нас талантливая молодежь.

— Через двести лет сможешь выгодно продать. — В ее голосе ему послышалась насмешка и горечь.

Он рассмеялся.

— Я не продаю картины, я продаю недвижимость. А картины для души. Не только наши художники, есть несколько очень приличных, с европейских аукционов. Это вложение, капитал. Оставлю на память потомству. У тебя есть дети?

— Нет. Не успели.

— У меня двое парней. Четырнадцать и восемь. Замечательные пацаны растут, оба в спецшколе, три иностранных языка, карате, менталка. Старший в музыкальной, по классу скрипки. Младшему медведь на ухо наступил, зато чувствуется хватка, будущий лидер, весь в меня! — Он рассмеялся.

— Ты же учитель истории, почему вдруг недвижимость?

— Так получилось. Заработать можно только в бизнесе. А история для души. Интересуюсь, как же. А ты где?

— Я... Везде понемногу. Иногда публикуюсь в «Арт-деко», мой конек — сецессия. Копаюсь в частных коллекциях, составляю описи...

— В смысле? Это твоя работа как искусствоведа?

— Да. Искусствовед-эксперт. В кладовках и на чердаках целые сокровища. Если есть деньги, владельцы нанимают эксперта, тот приводит все в порядок, составляет реестры, рекомендует, кому предложить.

Смотрел передачи «Аукцион на дороге» или «Гараж-сейл»?

— Не смотрел.

— Если интересно, можно купить флешку. Суть в том, что прямо в парке или на улице устраивается шоу, люди несут антиквариат из кладовых, а эксперт оценивает. Тут же рапид-аукцион, можно сорвать куш. Не Сотбис, конечно, а так, по мелочи. Несколько сотен...

— И ты этим занимаешься?

— Нет. Я больше разбираю библиотеки, старые бумаги... Я привыкла работать в тишине.

— Ты? В тишине? Ты всегда была шумная, подвижная... Я помню!

Они смотрели друг дружке в глаза. Без улыбки, испытующе. Женщина не выдержала, отвела взгляд.

— Я часто вспоминаю ребят, нашу театральную студию, капустники... Помню, ты играла цветочницу... «Пигмалион»! Тебе бы в театральный!

— Мне нравится моя работа, — сказала Елена сухо. — А театр... — Она вздохнула. — Ты ведь тоже не стал историком.

Они помолчали.

— С кем-то из наших видишься? — спросила она.

— Нет. Никого не осталось. Кто-то уехал, кто-то выживает... Мы стали старше, семья, дети. Сошли со сцены, так сказать. Другие заботы. Да и неинтересно, если честно. Не о чем говорить.

— А что делаешь у нас?

— Продал вашему лягушатнику гостиницу. — Он ухмыльнулся.

— Гостиницу? Где? Здесь?

— У нас! Четыре года назад америкосы построили «Хилтон», ожидался туристический бум, но не срослось, прогорели. Я купил за бесценок, выждал два года и выставил на продажу. Он и клюнул.

— Зачем ему гостиница в нашем городе?

— Рассчитывает на раскрутку туристического бизнеса, должно быть. Да мне пофиг, с глаз долой, из сердца вон. Главное, я в выигрыше. — Он самодовольно усмехнулся. — Этот французик, Карл Лебрун, корчил из себя крутого, торговался, надувал щеки... Миллионер, между прочим. Я был у них в шато, пригласили на обед. Что интересно — коллекционный фарфор под двести лет, представляешь? Столовое серебро, две горничные в фартучках стоят как манекены, по периметру светильники, стол на сотню персон, всюду вазы с цветами. Аристократы хреновы! А еды с гулькин нос. Суп — водичка, второе — в центре тарелки кусочек рыбы под шоколадным соусом, три палочки аспарагуса и веточка петрушки. Все! Причем свой повар, они его называют «шеф», я даже не врубился сначала. Мадам сказала: «Наш шеф сегодня превзошел себя!»

— Ты говоришь по-французски?

— По-английски. Французский теперь никому не нужен. Главное, английский. Я еще подумал, если бы мы так харчились, то давно бы откинули копыта. А еще говорят, французская кухня то, французская кухня се! А на десерт крошечные... Черт! Даже пирожными не назовешь! Размером с пятак, вкус никакой. Еще ликер, коньяк и кофе. Рюмочки — как наперстки. Скупой народ, размаха нет. И холодный какой-то, некомпанейский. Сегодня все подписали, пожали друг другу руки и разошлись. Пригласил в ресторан, обмыть, но он сказал, что спешит, в другой раз. Финита. А ты как тут, привыкла?

— Нормально. Привыкла.

— Наверное, ничего не ешь? Только кофе? Вон худая какая... Вообще, тут все женщины худые. Я читал, единственная нация, которая любит тощих баб, — это французы. — Он рассмеялся. — Хотела бы вернуться?

Женщина пожала плечами.

— А я бы тут не смог! Они другие, непуганые, всякие законы, правил немерено, все по ранжиру. И репутация! Карл сказал, главное у бизнесмена — репутация, представляешь? Я бы тут не выжил, а они у нас. Но, с другой стороны, мужика, у которого на первом месте репутация, обходишь на раз-два. — Он рассмеялся.

Кофе пили в молчании. Мужчина рассматривал Елену, словно пытаясь узнать знакомые когда-то черты, и не находил. Перед ним сидела неизвестная ему женщина, отдаленно напоминающая девушку, которую он знал когда-то. И любил...

— А ведь мы собирались пожениться, — вдруг сказал он. — Помнишь?

Она кивнула, без улыбки глядя на него.

— Какие планы были... Путешествовать по шарику, построить дом, посадить абрикосовый сад, приглашать гостей, треп до утра. Помнишь?

Она продолжала машинально помешивать ложечкой в чашке.

— И тут ты встретила своего... как его? Жиль! Встретила Жиля, и большой привет! Конечно, богатый галерист, вся Европа у ног, куда бедному учителю истории. Я не мог поверить! Мы же любили, и вдруг... Не жалеешь?

Она снова пожала плечами и промолчала.

— Интересно, как бы сложилась наша жизнь, если бы ты не уехала...

— Игорь, мне пора, — сказала она вдруг. — Мне нужно закончить кое-что, я обещала. Время поджимает.

— Ленка, ты чего! Может, погуляем? Поверишь, я в первый раз прошелся по городу и увидел Эйфелеву башню вблизи и живьем, а не на фотке.

— Сегодня не получится, честное слово.

— У меня самолет послезавтра, труба зовет. А еще закупиться, семья подкинула заказов. Хотелось бы поговорить... Нам есть что вспомнить. Я провожу тебя домой, ты где живешь?

— Я сейчас не домой...

— Не домой? А куда?

— На работу. К возвращению хозяина надо разобрать кучу бумаг.

— Ну тогда провожу на рабочее место. Далеко?

— Не очень. Но я не думаю...

— Да брось ты! Мы же не чужие. И вообще, хотелось бы посмотреть, как живут обычные французы. Он кто, твой работодатель?

— Рантье. Старые семейные деньги. Кроме того, понемногу спекулирует. А жизнь дорожает, потому и затеял перетряхивать архивы, думает обнаружить жемчужное зерно в куче хлама. Сейчас он у сына в Лондоне.

...Они не торопясь шли по улице. Народу становилось все меньше по мере удаления от центра. Игорь придерживал женщину за локоть.

— Знаешь, мне кажется, что мы вернулись... Помнишь, как мы гуляли в городском парке? Смотрели на реку... Помнишь реку под луной? Сто лет там не был. Ни разу с тех пор...

Она промолчала. Дальше они шли в молчании.

— Мы пришли, — сказала она. — Это здесь.

Они остановились перед старинными литыми воротами, за которыми угадывался большой дом с башенками. К дому вела аллея, освещенная единственным фонарем. Окна были темными.

— Здесь? — не поверил Игорь. — Это же целый замок! Он что, миллионер, твой рантье?

— Он небедный, — сказала Елена. — Игорь, спасибо тебе и спокойной ночи.

— Подожди! Неужели ты вот так возьмешь и уйдешь?

— Игорь...

— Я знаю! Тебе надо работать, я понимаю, но хоть чаю предложи! Сто лет не виделись. В доме кто-нибудь еще живет?

— Нет. У него есть эконом, но вечером он уходит. А кухарка приходящая.

— Ни фига себе! Бедный рантье! А садовник у него тоже есть?

— Не знаю, не интересовалась. Игорь, честно, я не думаю, что это удачная идея...

— Ленка, да будет тебе! Расслабься! Посидим, поговорим... Неизвестно, когда еще придется. Если уж нас столкнуло лбами... Это судьба! Пошли! — Он налег на ворота. Ворота не дрогнули. — Заперты?

— Да. Сейчас наберу код.

Она приподняла прямоугольный щиток на правой створке, потыкала пальцем в пульт. Ворота беззвучно разъехались в стороны. Они вошли во двор. Отрезанность от улицы здесь почувствовалась мгновенно, словно заслонка опустилась. Было тихо, сыро и пахло землей. Елена зашарила в сумочке в поисках ключа. Они поднялись на крыльцо.

— Давай я! — Игорь взял у ней ключ.

Они вошли в холл, и Елена включила свет. Игорь, изумленный, озирался. Обширный холл со сводчатым потолком, резные деревянные панели, выгоревшие и ветхие, с отломанными зубцами, но все еще значительные и солидные; по периметру — развесистые оленьи рога и кабаньи головы с блестящими глазами и устрашающими клыками; между ними щиты, гербы и потемневшие картины — портреты, насколько он сумел разобрать. Мраморный пол в черную и белую клетку напоминал шахматную доску; в центре стоял большой круглый стол, на его инкрустированной цветными сортами дерева столешнице высилась массивная фарфоровая китайская ваза с выцветшим и пыльным букетом. Тут стоял густой запах тления и пыли.

— Это же чисто музей! — воскликнул Игорь. — На этом можно прилично наварить!

— Вряд ли, — сказала Елена. — Все отсырело, в плохом состоянии. Реставрация себя не окупит. Пошли в библиотеку. Покажу тебе мое рабочее место.

— Сколько лет дому?

— Около двухсот. Хозяин в основном живет в городской квартире.

— Так у него еще и квартира есть?

Она не ответила и пошла из холла. Он, озираясь, поспешил вслед. Она привела его в обширный зал, уставленный книжными шкафами, наполовину пустыми.

— А где книги?

— Продаются понемногу. Я отбираю, что пойдет, составляю опись. Кроме того, здесь полно набросков, миниатюр, эскизов, часто без имени автора. Я пытаюсь определить авторство.

— И ты сидишь здесь целыми днями? В этой сырости?

Она пожала плечами.

— Жить-то надо. Он неплохо платит, и работа мне нравится.

— А картотека какая-нибудь есть?

— Нет, насколько мне известно.

— То есть никакого учета?

— Учета?

— В смысле, если стырить парочку, никто не заметит?

Она пожала плечами, пристально глядя на него.

— Шучу! — он рассмеялся. — Кому они нужны!

— Чай будешь? — спросила Елена после непродолжительной паузы.

— Буду.

— Пошли в кухню.

Кухня оказалась для него еще одним потрясением. Громадная, со стрельчатыми окнами, с громадной плитой — над ней висели медные кастрюли и черпаки на ручках — и четырьмя массивными буфетами, покосившимися, с тусклыми стеклами, с фаянсовыми тарелками, расписными в стиле пейзан в специальных углублениях. Инородным телом смотрелся тут большой старинный холодильник.

— На ней готовят? — спросил Игорь.

— Нет! — Елена впервые рассмеялась. — Нужны дрова, на ней лет сто не готовили.

Тут есть маленькая электрическая плита и электрочайник.

Они сидели за громадным деревянным столом, пили чай. Елена достала из холодильника круассаны, сунула в микроволновку.

— Почему в холодильнике?

— Тараканы, — коротко ответила Елена. — Даже ультразвук не отпугивает.

Он словно видел ее впервые, она все время была другая. На улице одна, в кафе другая, здесь третья. Ему показалась, она успокоилась, смотрела с улыбкой. Даже румянец появился.

Они допили чай, и он попросил показать дом. Она ответила, что нечего смотреть, один старый хлам. Он не поверил...

Они шли по трещавшему паркету бесконечного коридора, открывали скрипящие двери, он с любопытством заглядывал в комнаты. В некоторых не было света, некоторые были пустыми, другие заставлены ящиками и старой мебелью. Жилой оказалась одна лишь спальня. Здесь было полутемно — горели три из десятка рожков на ажурной люстре, висящей слишком низко. Он задрал голову и присвистнул:

потолок был расписан сценами из... гарема? Полтора десятка обнаженных женщин, пышные тела, соблазнительные позы... Порнография позапрошлого века никак? А чего? Кайф! Лежишь и рассматриваешь!

— Известный художник? Оригинал?

— Посредственная копия «Турецкой бани» Энгра. Художник неизвестен. Скорее ремесленник, чем художник.

— Смотри, осыпается! Жалко, пропадет. Хоть и ремесленник, а смотрится шикарно! — Он ухмыльнулся. — Как раз для спальни. И кровать королевская.

Он стал перед гигантских размеров деревянной кроватью, небрежно прикрытой выцветшим гобеленовым покрывалом.

— Он здесь спит? — спросил.

— Наверное. Мне кажется, он редко бывает здесь.

— А почему не продаст? Карл говорил, налоги у вас сумасшедшие.

— Не знаю. Наверное, лень. Он говорит, жизнь слишком коротка, чтобы тратить ее на всякую ерунду.

— И на что же он тратит свою жизнь?

— Раскапывает раритеты и продает.

— Где же он их раскапывает?

— В лавках старьевщиков, на блошиных рынках, аукционах... Даже на своем чердаке. Везде.

— Тебе здесь не страшно одной? — Он смотрел на нее с улыбкой.

Она пожала плечами. Она все время пожимала плечами, похоже, он озадачивал ее. Он притянул ее к себе, обнял.

— Не нужно... — Она попыталась вырваться.

— Ну-ну, мы же не чужие... ты же тоже хочешь... — бормотал он, срывая с нее блузку. — Помнишь, как мы сходили с ума... помнишь? Я все помню! Ты любила, чтобы я...

— Игорь! Перестань!

— Глупая, мы снова вместе... Сейчас, сейчас... — Он впился в ее рот, продолжая торопливо стаскивать с нее блузку.

...Кровать затрещала под их телами. Женщина слабо застонала.

Они целовались, глядя друг дружке в глаза... как когда-то. Кровать трещала угрожающе.

— Она не рухнет? — прошептал он. Она рассмеялась, прижимая его к себе. Он почувствовал ее ногти на своей спине.

— Что ты со мной делаешь, Ленка! Помнишь, как мы... Мне ни с кем так не было... честное слово!

Он бормотал бессвязно, лаская ее, такая была у него привычка...

Последнее судорожное движение, хриплый выдох мужчины, всхлип женщины... и оба замерли...

Лежали, рассматривая обнаженных женщин на потолке, держались за руки, выравнивали дыхание.

...Они сидели в библиотеке. Она, с красными точками на скулах, взъерошенная, с незастегнутой верхней пуговкой на блузке, с раздувающимися ноздрями, не глядя на него. Он же смотрел на нее с улыбкой. Если спросить его, что он сейчас испытывал, он бы затруднился с ответом. Удовлетворение, пожалуй. Не только физическое, нет, а скорее моральное — она раскрылась! Он заставил ее признаться, что она помнит, готова на все, и стоило ему только щелкнуть пальцами... Даже похорошела — видать, давно без мужика. Он усмехнулся: на королевской кровати! Под голыми бабами! Чертова кровать так шаталась и трещала, а люстра раскачивалась еще несколько минут после... Они лежали, разбросав руки, а люстра моталась над их головами, и по стенам бежали черные тени. А на потолке голые бабы... Он сказал:

— А если она рухнет, представляешь?

Они так и покатились...

— Хочешь, я останусь? Поменяю билет? — спросил он неожиданно для себя. — Можем смотаться куда-нибудь... В Италию! Хочешь?

Она кивнула.

— Надо было купить вина, — сказал он. — Не подумали. Сейчас бы в самый раз.

— Тут, кажется, что-то есть, — ответила Елена. — Я видела. — Она открыла книжный шкаф, достала бутылку. — Ликер!

— Сойдет! Давай сюда! Неси посуду.

Она вышла. Он услышал эхо, повторявшее ее торопливые шаги. Она принесла рюмки, и он налил в них густую липкую коричневую жидкость.

— За нас!

Они выпили.

— Сироп! — сказал он. — Хорошо сидим, правда? Просто удивительно, что мы столкнулись. Судьба? Как будто не было этих семнадцати лет...

Она кивнула, глядя ему в глаза.

— Знаешь, я здесь в первый раз. В Париже. Впечатляет, честное слово. А вот люди... Дочка приятеля тоже вышла замуж за лягушатника, какой-то странный тип и вообще... — Игорь ухмыльнулся. — Несерьезный! Руками машет, трещит, хихикает. А взять Карла, тот наоборот, холодный, некомпанейский... Нет широты. Все-таки они другие.

— Я помню, ты пел под гитару песни своего любимого Жака Бреля! У меня есть диск, там его фотография. Вы чем-то похожи. Правда, он мне не очень нравился...

Он усмехнулся.

— Конечно, вам, девушкам, больше нравится сладкий Адамо. А Жак Брель — бунтарь. Мы с ним в этом похожи, прём против течения. Оба бунтари. У него даже голос бунтарский, резкий рычащий, дерзкий. Такой не согнется, даст в морду и хлопнет дверью. Я из шкуры лез, чтобы быть похожим. Даже на курсы французского пошел, помнишь? До сих пор кое-что помню. Же мапель Игорь, жэм ля шансон франсез, жэ жу де ла гитар, Жак Брель мон идоль...[1] Хотел понять, о чем он поет.

— Сейчас тоже играешь?

— Нет времени. Кончилось детство, кончилось бунтарство, теперь другие интересы. Не уверен, что его еще помнят. Разве что старое поколение. Другое время, другие песни. Я сейчас много езжу, везде был... Кроме Парижа. — Он помолчал. — Знаешь, наверное, я боялся встретить тебя. Никого из ребят не видел, ничего про тебя не знал... Семнадцать лет! Я помню твоих родителей, маму...

— Мама умерла.

— Ты приезжала на похороны?

— Нет. Мама умерла в Париже. Она жила с нами. Я ни разу не была дома...

— Не тянуло?

— Боялась, наверное. Не знаю... Боялась встретить тебя.

---

[1] Je m'appelle Igor, j'aime la chanson française, je joue de la guitare, Jacques Brel mon idole (*фр.*) — Меня зовут Игорь, я люблю французский шансон, я играю на гитаре, Жак Брель мой кумир.

— Я тогда чуть с ума не сошел! Не мог поверить, что ты уехала с тем старым козлом... После всего...

Они смотрели друг дружке в глаза. Она отвела взгляд. Сказала после паузы:

— Игорь, не обижайся, но мне нужно работать.

— Я понимаю. Ухожу. Давай телефон, позвоню завтра, лады?

Она снова кивнула. Оба вздрогнули от пронзительного звонка, неприятно срезонировавшего в пустом доме.

— Гости? — он улыбнулся.

— Понятия не имею. У хозяина ключ...

— Не открывай! Мало ли.

— Нужно спросить, может, это важно.

В холле она резко произнесла что-то в домофон. Игорь слышал, как ей ответили. Голос был глухой и невнятный.

— Жувр! Антре![1] — сказала Елена.

— Кто это? — спросил Игорь шепотом.

— Это к хозяину.

Она отперла входную дверь, отступила, пропуская высокого немолодого мужчину.

---

[1] Je l'ouvre! Entrez! (*фр.*) — Я открываю! Входите!

Тот вошел, уставился подозрительно на Игоря.

Лена заговорила, в чем-то убеждая гостя. Игорь понимал отдельные слова и фразы. Елена пыталась успокоить его, он сердился. Она все повторяла:

— Же нэ спа! Апеле ле![1]

Мужчина отвечал раздраженно и невнятно. Несколько раз повторил слово «контрá». Кажется, контракт? Интересно, о чем речь!

Вдруг мужчина шагнул к Елене и схватил ее за руку. Держа ее за руку, он потряс перед ней черным кейсом и прокричал раздраженно длинную фразу. Игорь уловил имя: «Тулуз-Лотрек».

— Лерижиналь?[2] — воскликнула Елена.

— Идье! — закричал мужчина. — Нон, бьен сюр![3]

Он назвал ее идиоткой? Однако!

Мужчина буркнул «орвуар», развернулся и схватился за ручку двери. На них дохнуло холодом. Мужчина исчез.

---

[1] Je ne sais pas! Appelez le! (*фр.*) — Я не знаю! Позвоните ему!

[2] L'original? (*фр.*) — Оригиналы?

[3] Idiot! Non, bien sur! (*фр.*) — Идиотка! Разумеется, нет!

Игорь и Лена переглянулись.

— Неудобно получилось... — сказала Елена. — Извини!

— Он сказал «Тулуз-Лотрек»?

Она кивнула.

— Ты спросила, это оригиналы, а он назвал тебя идиоткой! Хочешь, я набью ему морду?

— Не надо, — она попыталась улыбнуться. — Я сама напросилась. Никто не носит с собой оригиналы. Это серьезный дилер, с хорошей репутацией. Они договорились, а хозяин исчез. Сейчас попытаюсь набрать его...

Он притянул ее к себе, поцеловал в лоб.

— Я пойду, пожалуй. До завтра?

— До завтра. Спокойной ночи. Не заблудишься? Может, такси?

— Не нужно. Я с удовольствием пройдусь. Не засиживайся допоздна, поспи хоть немного...

Он ушел. Она осталась. Заперла дверь. Вернула в библиотеку. Налила в рюмку ликер. Села в кресло, закрыла глаза, задумалась...

Семейство Лебрун сидело за громадным обеденным столом, ужинало.

— Все время забываю спросить, — сказала мадам Лебрун, — ты что, собираешься вести бизнес в Восточной Европе?

— Почему ты так решила?

— А зачем тебе там гостиница?

— Видишь ли, моя дорогая Оди, мне шепнули по секрету, что концерн «Ситроен» собирается открыть там производство и они уже присмотрели участок. Бумаги не сегодня завтра подпишут. А это значит, что через полгода или самое позднее через год им понадобится жилье для персонала. И тогда я продам им свою гостиницу, причем внакладе не останусь. Прекрасная планировка, все практически новое, все предусмотрено. Два ресторана, несколько кафе и баров, кухня, прачечная... За смешную цену!

— Он знает? — спросила мадам Лебрун после паузы.

— Нет, разумеется, — улыбнулся супруг. — Он пока ничего не знает...

...Елена скрутилась клубочком в кресле, задумалась. Старый дом жил своей тайной жизнью. На втором этаже кто-то ходил, скрипя паркетом, в стенах шуршало и попискивало, и ветки разросшихся деревьев стучали в окно. Кажется, начинался дождь — редкие капли тяжело падали на подоконник. Она снова налила себе ликера. Пригубила. Усмехнулась, глядя на рюмку, из которой пил Игорь. Зябко повела плечами. Допила, устроилась поудобнее и закрыла глаза.

Разбудило ее треньканье айфона. «Алло, — произнесла она хрипло. — Кто это? Нет, вы ошиблись, здесь таких нет...»

Часы показывали половину третьего. Теперь не уснуть. Она поднялась и пошла на кухню сделать себе чай...

Игорь нагнал мужчину через два квартала. Тот, видимо, тоже решил прогуляться или экономил на такси.

— I am sorry![1] — Он дотронулся до локтя мужчины. Тот шарахнулся, недоуменно уставившись на Игоря. В глазах его промелькнула настороженность. Он пробормотал что-то...

[1] I am sorry! (*англ.*) — Извините!

— I don't speak French, — сказал Игорь. — Could we talk?[1]

— Что вам нужно? — произнес мужчина по-английски.

— Я хочу поговорить! Я был в том доме, с Еленой.

— Я знаю. В чем дело?

— Я хочу поговорить. Давайте зайдем в кафе...

Он видел, что мужчина колеблется, и сказал:

— Пожалуйста! Это важно.

Мужчина кивнул...

Они сели за столиком в углу. Маленький зал был пуст. Ни души.

— Кофе? — предложил Игорь.

Мужчина молча кивнул, не сводя с него подозрительного взгляда. Им принесли кофе.

— Что вам нужно? — повторил мужчина.

— Я услышал, вы продаете Тулуз-Лотрека...

Мужчина облизнул губы и оглянулся.

— Что вам нужно?

---

[1] I dont speak French. Could we talk? (*англ.*) — Я не говорю по-французски. Мы можем поговорить?

Ну, заладил! А другие слова он знает?

— Я коллекционер, у меня своя галерея. Я могу купить... Если мы договоримся, я часто бываю в Европе...

— Нет! У меня... *контра*! — Последнее слово он произнес по-французски.

— Договор, я понимаю. Но я готов хорошо заплатить. Деньги, понимаете? Мани! Кэш! Сколько?

— Та женщина, кто она вам? Подруга?

— Никто! Случайная знакомая. Не бойтесь! Она ничего не узнает. Можно посмотреть?

Мужчина положил кейс на стол, щелкнул замками. Достал большой конверт, вынул четыре постера. Протянул Игорю. Тот впился взглядом. Это были две репродукции с картин и эскизы к ним. Молодая девушка, похожая на горничную... Эту картину он видел впервые. А вот вторую, изображавшую танцовщицу Марсель Лендер, он знал. Танцовщица из «Мулен Руж»! Это знак. Он поднял глаза на мужчину. Тот смотрел настороженно.

— Вы продаете эскизы? Оригиналы?

Ему показалось, тот закричит сейчас: «Идиот! Конечно, оригиналы!»

— Эта, — мужчина ткнул пальцем в девушку, похожую на горничную, — продана за... — Он достал из кармана шариковую ручку и написал на обороте постера цифру с шестью нолями.

— Двадцать два миллиона долларов?! А сколько за эскиз?

Мужчина снова зачиркал.

— Однако... — пробормотал Игорь, увидев сумму.

Мужчина спрятал постеры в конверт.

— Второй столько же?

Мужчина кивнул.

— А сертификаты есть? Экспертиза?

— Есть. Да.

— Откуда они у вас?

Мужчина захлопнул кейс и поднялся.

— Подождите! Мы же не закончили! Я могу взять постеры с собой? Я позвоню завтра, можно ваш телефон?

...Он нашел в Интернете картину с девушкой, похожей на горничную. Она называлась «Прачка». Действительно, несколько лет назад была продана за двадцать два миллиона четыреста пятнадцать тысяч долларов. А на сколько же потянет эскиз? Нужно сбить цену, он умеет торговаться.

Он провел бессонную ночь. У него мелькнула мысль поговорить с Еленой, она же искусствовед, но после колебаний он эту идею отодвинул — свидетели ему ни к чему. Да и этот... он взглянул на визитку дилера — Жорж Бенус вряд ли согласится. Ему не с руки терять постоянного клиента, об их сделке, если они договорятся, никто не должен знать. Бедный рантье, говорите? Так вот какие дела вы крутите, господин рантье! А Елена ни сном ни духом, копается себе в старых бумажках...

...Они встретились на другой день и сторговались. Пятьсот тысяч зеленых. За два эскиза-подлинника Тулуз-Лотрека. Повезло! Этот тип торговался как черт! Злился, брызгал слюной, отшвыривал стул, порывался уйти. Но он его додавил. В итоге они пришли к соглашению. Несколько раз ему звонила Елена, но он сбрасывал звонки. Она написала: «Где ты? Что случилось?» Он не ответил. Ему было не до нее. Его трясло. У него было ощущение человека, поймавшего за хвост удачу. Сорвавшего куш. Он так и не уснул в ту ночь, лежал, думал. Представлял, как по возвращении позвонит своему приятелю, художнику Витале Щанскому, и скажет: «Старик, приходи на смотрины! Только что вернулся, кое-что привез. Да, из Парижа!» Париж принес ему удачу...

На другой день, за два часа до вылета Бенус передал ему полный пакет: эскизы и сертификаты о подлинности, заверенные известной экспертной компанией, и он помчался в аэропорт, пошутив на прощание: ол инклюзив! Бенус ушел, не попрощавшись.

Таможенник в аэропорту попросил отпереть кейс. Игорь повиновался, невольно сглотнув. Достал папку, протянул таможеннику. Тот раскрыл. У Игоря замерло сердце. Дилер уверял, что все в порядке, все чисто, кроме того, никто не будет его досматривать, он такой солидный, респектабельный... Но уж очень серьезный вид был у мужчины. С минуту он рассматривал содержимое папки, потом поднял взгляд на Игоря. Что-то было в его взгляде... Он кивнул и протянул папку назад. Игорь взял машинально, чувствуя, что случилось непоправимое, уставился, почувствовал, как от удара под дых сперло дыхание! Знакомые четыре постера, копии «Прачки» и танцовщицы Марсель Лендер, и два эскиза к ним, его баснословное приобретение... тоже постеры! Вместо пожелтевших от времени листов толстого ватмана с размашистым небрежным рисунком мастера, которые он недавно держал в руках... Что это?! Он все еще не верил глазам; в затылке назойливо тюкал молоточек, а во рту был отвратительный кислый привкус...

Он вернулся в гостиницу, упал на диван в холле, достал айфон. Набрал Бенуса, надеясь, что произошла досадная нелепая ошибка и все еще можно отыграть и исправить. После нескольких длинных гудков женский голос сообщил ему... что-то. Он раз за разом набирал номер дилера, который уже знал на память, все уже понимая, но все еще надеясь. С тем же результатом. И тогда он набрал Елену. Она знает этого типа, они пойдут в полицию, она все расскажет. Они найдут его. Длинные гудки и все тот же бесстрастный автоматический женский голос. Еще раз, и еще, и еще. Он подумал, что она работает и отключилась — не хочет, чтобы ей мешали. Он все еще верил и надеялся. Выскочил из гостиницы и поспешил в замок...

Ворота были заперты. Он заколотил кулаками в металлические прутья. Ворота не дрогнули. Он просидел в кафе, из которого был виден дом, до вечера, ожидая, что она выйдет. Или зажгутся окна. Поминутно набирая ее номер и слушая пронзительный голос, который уже стал ненавидеть. Ошеломленный, он осознавал, что случилось непоправимое, но все еще не хотел смириться. Сидел, не сводя глаз с дома, грызя ноготь на большом пальце на правой руке... была у него с детства такая дурная привычка.

Елена так и не вышла, и свет в окнах не зажегся.

Он спросил у бармена, кто живет в *том* доме. Никто, ответил тот. Владелец, одинокий старик, умер четыре года назад, муниципалитет выставил дом на продажу, но пока желающих нет...

Карл Лебрун поднялся из-за письменного стола навстречу шикарной даме в белом пальто и черной шляпе с широкими полями. Они обнялись.

— Моя дорогая, как я рад! Мне сказали, ты приходила...

— Нормально, просто была в твоем районе. Я закончила, можешь посмотреть и оценить. — Она протянула ему красную флешку. — Это первоначальный вариант. Если понравится, буду прописывать детали. Дом мне понравился, удачный район. Думаю, после ремонта он будет стоить раза в три дороже. У тебя нюх, Карл, я всегда говорила. Смету надо немного подкорректировать, иначе, боюсь, не уложимся. Как Оди?

— Позвони, она будет рада. Спасибо, Лена. — Он произнес ее имя с ударением на «а»: Лена́». — Я уверен, мне все понравится. Это не первый наш проект, ты как никто чувствуешь стиль и время. Кофе?

— Нет, спасибо. Я спешу...

Женщина в белом пальто и черной шляпе неторопливо шла через толпу. Свернула в небольшой сквер, села в креслице уличного кафе. Достала из сумочки айфон, проверила сообщения. Ого! Девять! От Игоря.

Она усмехнулась.

Ей принесли жасминовый чай. Тонкий горьковатый запах повис облаком.

Она пребывала в невесомом состоянии и вряд ли замечала, где находится. Какой-то сквер, пахнет жасмином. На лице ее блуждала неясная улыбка. Блудница, сказала она себе. Зачем было с ним спать? Она рассмеялась, почувствовала, как вспыхнули скулы, шея, уши; закрыла лицо руками...

Бунтарь! Даже не смешно. Мелкий ничтожный приспособленец. Всегда был. Есть. Продолжает быть. Только масштабы изменились. Появились деньги. Тот же нахрапистый, идущий по головам, готовый соврать и предать. Как он мерил ее взглядом, сколько было в нем... самодовольства! Он состоялся, а она никто. Она, конечно, перестаралась с имиджем Золушки, побаивалась, что раскусит, соотнесет с той, из офиса...

А ведь была любовь! Они собирались пожениться, впереди была красивая яркая жизнь. А потом умер ее отец, крупный чиновник городской администрации, прямо на рабочем месте. Заболела мама, для нее отец был всем. Она, Елена, не поняла сначала, что случилось. Игорь отодвинулся, был постоянно занят, они почти перестали встречаться. Она объясняла это болезнью мамы — ей нужно было все время находиться рядом. О свадьбе они больше не заговаривали и планов не строили, не до того было. А потом ей сказали, что он встречается с дочкой ректора, толстой громогласной Нелькой, над которой они всегда подсмеивались. Она не поверила. А потом увидела их вместе...

Она помнит свою боль. От обиды темнело в глазах. Сейчас ей смешно, а тогда она чуть не наглоталась снотворного... Пожалела маму — как она без нее... Подружка Ирка сказала: ты чего, дуреха, он же мелкий пакостник! Одна ты ничего не видела. У него даже друзей нет. Рыба-прилипала! Клюнул на твоего отца, теперь на ректора, до тебя была дочка Розенко, держателя автоколонок, миллионера...

Бунтарь! Рычал под гитару, рвал струны, создал себе кумира, в котором было то, чего не было в нем самом, — безудержность, страсть, бунтарство... так он думал и утверждал, что они похожи. А она, дурочка, верила...

И до сих пор загадка: любил или притворялся? Любил! Не любил... Черт его знает!

На расстоянии кажется, что любил... хочется верить, потому что... Потому!

С Жилем они встретились случайно — столкнулись в художественной галерее, он приехал искать молодые таланты. Хобби такое — ездить по миру и искать молодые таланты. Около пятидесяти, некрасивый, с приятной улыбкой, с манерами и мягким голосом. Вдовец. Галерист. Предприниматель. Она чувствовала, что заинтересовала его. Он внимательно рассматривал ее наброски, хвалил...

Он пригласил ее в гости, в Париж... Не будь дурой, сказала Ирка, такой шанс один на миллион! Хотя бы из-за этого подонка. Утри ему нос!

Они налетели друг на дружку случайно, она хотела пройти мимо, но Игорь остановил. Он уже был в курсе. Он знал про Жиля. Вся их тусовка знала. Он смотрел на нее... другими глазами. Она сразу выросла в его глазах. Богатый иностранец! Расспросил, сказал, надо встретиться, я позвоню, познакомишь? Конечно, встретимся, сказала она, я позвоню. Обязательно. И вдруг неожиданно для себя сказала, что выходит замуж! Она помнит его лицо...

Он облизнул губы, увел взгляд, сжал кулаки. Ей вдруг показалось, что он сейчас ее ударит...

Жиль... Жиль был другом и учителем. Они оба занимались любимым делом. Галерея, оформительский бизнес, дизайн. Ей не хватает Жиля. Она вздыхает. Эскизы — из его архива, в молодости муж копировал известных художников, «ставил» руку. «Не сердись, Жиль, — шепчет Елена, — мы взяли их только на два вечера! Я уже все вернула на место. А документы... Я ведь искусствовед! Я могу еще и не то... — Она запинается, не может подобрать удачное словцо. — Подделать? Соорудить? Нет, нет... *Сварганить*! Именно! — Она смеется. — Я могу еще и не то сварганить!»

От Ирки она знала про Игоря. Сволочь, кричала Ирка. Бросил Нельку, когда ее папаша потерял хлебное место, долго судился за барахло, охмурил дочку строительного магната. Стал торговать недвижимостью. Кинул партнера. Обманул, подставил, сподличал, откупился. У нее был личный счет к Игорю. Она попросила у него денег на свой детдом... Легкомысленная шумная Ирка, учителка младших классов, директор детского дома для самых маленьких. «Представляешь, Лен, все время с протянутой рукой, насобачилась выпрашивать, да со слезой, да заглядывая в глаза, а как иначе?» Иначе ноги протянешь. Пришла к нему, объяснила ситуацию. Он вроде обрадовался, велел принести кофе... Не отказал, нет, денег, правда, дать не может, кризис, а вот ремонт забацать запросто! Я подписала договор, еще какие-то бумаги, а как же! Формальность, сказал. А потом выкатил нам счет и стал бегать от меня. На звонки не отвечает, в офис меня не пускают. Потом знающие люди объяснили, что он положил глаз на наш участок. Помурыжит, пригрозит судом, а потом предложит съехать на окраину. Он провернул такую же аферу с музыкальной студией. Я помчалась в газету, к мэру, еще к одному, его заклятому врагу... Кое-как отбились. Не знаю, надолго ли.

Жизнь тот еще игрок, такие заворачивает финты, что только держись! Она подготовила для Карла проект реновации старой гостиницы, они давние партнеры. Около недели назад принесла пилотную версию и в его офисе столкнулась с Игорем. С Игорем Колосовым! Он ее не узнал. Постаревший, погрузневший, а голос все тот же. Она стояла у окна, спиной к нему, слушала знакомый голос, чувствуя слабость в коленках, — ей казалось, она сейчас рухнет как подломленное дерево. И одна мысль билась: так не бывает! Я сплю! Она чувствовала его заинтересованный взгляд — спиной, лопатками, затылком, шеей...

Потом мадам Леру по секрету рассказала ей, что миллионер, торговец недвижимостью, меценат и коллекционер. Своя галерея. Заключил с патроном крупную сделку...

Ей было интересно... Нет, нет, идея «кинуть его на бабки» — так, кажется, говорят в его кругу? — пришла не сразу. Ей было интересно, какой он, что же на самом деле было между ними когда-то, что он скажет, как оправдается... Ожидала ли она, что он сожалеет, вспоминает, полон ностальгии?

Сентиментальная дура! Хотя почему дура? Это он дурак! Расхвастался, распустил перья. Бунтарь и меценат! В том, как он смотрел на нее, в голосе, в каждом слове сквозило превосходство! Его жизнь удалась, а она... Ей можно бросить косточку, упиваясь ее ничтожеством, и попутно уколоть: все помню, любил, горел, были планы, но ты выбрала богатого лягушатника... Как ты могла? Теперь довольна? Он скользил по ней оценивающим взглядом. Она отражалась в нем как в зеркале: немолодая, одинокая, с копеечным доходом, без перспектив. Ее ничтожество было ему в кайф, оно добавляло красок в его торжество...

На миг ей показалось, что он сошел с ума! Это ведь он ее бросил! А теперь упрекает? Что это? Издевается или действительно верит, что так и было? Не помнит?

Черт его знает. Люди не понимают друг друга и склонны забывать...

Вдруг ее осенило: он мстит ей! За Жиля, за Францию, за то, что уехала, за то, что последнее слово оказалось за ней. Ничего он не забыл! Ее ничтожество ему в радость, потому и в постель потащил... Чтобы додавить. И отомстить? Все-таки месть? Получается, месть. Обещал позвонить, зная, что не позвонит... Ах ты, сволочь! Предложил сбежать в Италию, зная, что не ответит на ее звонки...

Она понимала где-то внутри, что ее *измышлизмы*, скорее всего, не имеют ничего общего с реальностью, что механизм случившегося прост и примитивен: увидел, протянул руку, взял, отвернулся, забыл. Но ей нравилось придумывать разгадки, расставлять все по полочкам, усложнять. Ты слишком сложная, говорил Жиль. Ты слишком тонкая. Ты фантазерка...

Не он переспал с ней... Нет! Это она переспала с ним! Трахнула бывшего бойфренда на отсыревшей кровати под голыми бабами, как он выразился, в чужом пустом доме. Поматросила и бросила. И развела на бабки! Бросила наживку и ждала, когда клюнет. И он, как глупый карась, наживку проглотил. А теперь обрывает телефон...

Она невольно рассмеялась. Вчера вечером Макс принес деньги, ее долю, и сказал, что всегда готов, только свистни, что это была лучшая роль в его жизни! Звездная роль. Старинный знакомый Жиля, актер, вечный мальчишка. И она тут же позвонила Ирке, сказала, что нашла деньги заплатить за ремонт. Выдохни, подруга, теперь он наконец с тебя слезет! Ирка заплакала...

Елена пила жасминовый чай; вспоминала, вздыхала, улыбалась своим мыслям, испытывая то, что, наверное, испытывают полководцы после выигранной битвы. Она пристукивала кулачком по столу, раздувала ноздри, иногда произносила вслух какое-то крепкое словцо и тут же оглядывалась — не слышит ли кто...

ТАТЬЯНА УСТИНОВА

• О СТРАННОСТЯХ ЛЮБВИ •

Однажды мы всерьез поругались.

Не знаю, что на него нашло.

Он наговорил гадких слов и, уже договаривая, понял, что делает что-то непоправимое, и голос у него стал испуганный, и мне показалось, что договаривал он через силу, изо всех сил желая остановиться, но все же договорил — по своей мужской привычке доводить дело до конца.

Мы не помирились сразу, а это катастрофа.

Я не умею жить, отравленная ссорой, не могу дышать ее воздухом и на самом деле не знаю, как это получается у женщин, умеющих виртуозно и продолжительно ссориться!..

Он положил трубку, а я стала ходить из комнаты в комнату.

В одной комнате у нас светлые полы, а в другой — темные. Я ходила и смотрела под ноги, сначала на светлое, а потом на темное. Мне было очень жалко себя, несправедливо обиженную. И свою жизнь, которая, считай, пропала. И вдруг я стала думать, что было бы со мной, если бы его вообще не было. Не в том смысле, чтоб он... умер, а в том смысле, если бы мы с ним не встретились. Ну просто не встретились, и все. Мне сорок лет, и я точно знаю, что не встретиться нельзя. Это в восемнадцать кажется, что можно промахнуться, упустить, пройти по соседним улицам, открыть не ту дверь.

Нельзя. Этот самый шанс предоставляется всем и всегда. Другое дело, что он единственный, и в этом суть дела. Мы все — взрослые, а не восемнадцатилетние — точно знаем, *кто именно* был «шанс». Правда? И точно знаем, почему мы его упустили, если упустили. И благодарим небеса, если все случилось.

Ну, вот я ходила и представляла, что его в моей жизни нет. Я не знаю, как он говорит, как думает, как хохочет. Я понятия не имею, как он дышит или молчит. Я не знаю, как пахнет его одеколон и как он водит машину.

И некому смотреть в глаза, и сопеть в ушко, и не на кого обижаться, и некому звонить — его же нет!.. Некому варить кофе, и жарить омлет, и ныть, чтоб быстрей приехал, и ругать, что приехал поздно, тоже некого. Его нет, а проделывать все это с кем-то другим невозможно, потому что — зачем?.. И еще я понятия не имею, что он думает о жизни, вселенной и вообще, а мне же нужно знать, что думает обо всем этом именно он! Я не рассматриваю придирчиво его джинсы и рубашки, чтобы в очередной раз убедиться в том, что он самый красивый из всех известных мне мужиков. Ну, пусть не самый и не красивый, но все же лучше остальных, по крайней мере для меня, а я об этом даже не знаю, потому что... его нет и никогда не было.

Пожалуй, и меня нет. То есть не было бы. Наверное, была бы какая-то другая тетенька, обремененная какими-то другими заботами, и бог знает, какие романы она бы писала, может, совсем никудышные, потому ей не о чем было бы писать — его-то она никогда не знала!.. Не было бы их, не было бы и нас, все так просто!.. Просто и справедливо. Чего мы хотим от них?! Что мы хотим получить... на выходе, как говорил наш профессор химии? Чтоб они стали ангелами уже при жизни? Чтоб никогда не совершали ошибок? Чтобы никогда не говорили обидных и несправедливых слов, не засыпали, когда на экране целуются, не опаздывали с работы, не летали в командировки, не пили пиво, не уставали от нашего милого щебетания, не выходили из себя в примерочной, покуда мы, такие прекрасные, меряем очередную водолазку?!

Так не бывает.

Тут я перестала жалеть себя и свою пропадающую жизнь. Ничего не пропало, вдруг подумала я и наступила на светлый квадратик пола. Ничего же не пропало, ей-богу!.. Ну наговорил он ерунды, ну и мучается теперь, наверное, еще больше меня. Он всегда мучается, когда бывает несправедлив, — я-то знаю его как никто!.. Знаю, знаю и не пойду я на темный квадрат, потому что ничего не случилось. И, боясь передумать, я быстро написала ему записку — терпеть не могу слова «эсэмэска»! Он ответил через три секунды. Должно быть, сидел, уставившись на телефон, и мучительно придумывал, что бы такое ему сделать, чтобы все вернулось, но не придумал — куда ему придумать, ведь он просто мужчина!

И он есть.

АННА И СЕРГЕЙ ЛИТВИНОВЫ

• ЗАПРЕТНАЯ СТРАСТЬ •

– Козочка, пора вставать. — Он пощекотал ей ухо.

Инночка перевернулась на спину и открыла глаза.

Андрей уже был одет, и легкая ослепительно-белая сорочка подчеркивала его мускулистый торс.

— Принеси мне кофе в постель, — капризничая, сказала Инночка.

— Через сорок минут у меня совещание с начальниками управлений, — игнорируя ее слова, сообщил Андрей. — Мне еще надо побриться.

— Возьми нож на кухне.

Андрей не принадлежал ей по утрам. И не принадлежал днем. И по воскресеньям. Только по вечерам три раза в неделю. Тогда он выполнял любое ее желание. И еще — по ночам. Тогда он догадывался о каждом ее желании.

Три раза в неделю. Совсем немало.

Андрей завязывал перед зеркалом галстук — точным и широким движением. Инночка сбросила простыню и лежала вся обнаженная. Ей хотелось, чтобы он послал к чертовой бабушке совещание и набросился на нее, но она знала, что этому не бывать.

— Можешь опоздать на часок, — приказал Андрей. — Придешь, отошлешь факсы и переведешь полученные. В час — деловой обед с ребятами из «Стандарт ойл». Будешь переводить.

— Куда ж ты небритый. — Инночка подошла и обхватила его руками сзади.

В зеркале они смотрелись совсем неплохо. Его мужественное лицо, оттененное белой сорочкой и красным галстуком в полоску. Ее глубокие глаза, ямочки на щеках и струящиеся черные локоны.

— Я побежал. — Он небрежно чмокнул ее в губки, пошлепал по попке и похозяйски открыл дверь. — Побреюсь в машине. Бутерброды для тебя на столе.

Инночка вздохнула. По-прежнему нагая, она прошла в спальню. Присела перед зеркаломъ. Открыла футлярчик, что вчера подарил Андрей. Достала серьги. В золотых цветках горело по бриллианту. Примерила. Бриллианты шли ей. А кому они, спрашивается, не идут?

Надену их сегодня. Плевать на всех.

Три раза в неделю, вздохнула она. Словно посещение бассейна. Или корта. «Инна: понедельник, среда, пятница» — так, наверно, записано у него в ежедневнике. У него есть жена. Он никогда ничего не говорил о ней.

Он запал на нее сразу, когда она пришла наниматься в фирму.

Через неделю он пригласил ее в ресторан. Между столиками бродил певец с гитарой и пел щемящие французские песни. Андрей дал ему двадцать долларов, и тот спел для Инны «Елисейские Поля». Вечер закончился в ее постели. Он оказался умелым любовником.

Вскоре они провели две недели на выставке в Париже. По утрам пили кофе в широченной кровати. Однажды она со смехом сказала ему: «Я стала тебе как жена». Со щемящим сердцем ждала ответа. Он помрачнел и отрубил: «Жена у меня одна».

* * *

В 16.40 в приемной, где Инна была полновластной хозяйкой, раздался телефонный звонок.

— Добрый день, фирма «Нефтепродукт», — заученно ответила Инна.

— Здравствуйте, это жена Андрея Ильича.

Пауза. Инна лихорадочно пыталась овладеть собой. Жена Андрея звонила в офис впервые.

— Его сейчас нет на месте, — сказала Инна предательски дрогнувшим голосом. — Что-то передать?

— А он мне не нужен, — со смешком произнесла жена. — Мне нужны вы.

— Простите?

— Да-да, Инночка, вы. Я жду вас у себя. Дома.

— Но...

— Андрея Ильича до конца дня не будет. Так что оставьте свой секретариат на девочек и приезжайте. Записывайте адрес...

Голос жены звучал магнетически. Инна на секунду лишилась своей воли, словно кролик перед удавом.

Не спеша подкрасила перед зеркалом губы. Подумала, не снять ли серьги, подаренные вчера Андреем, но потом решила — пусть остаются. Тогда, если быть последовательной, и костюм, купленный им для нее в Париже, придется снимать. «В чем я тогда поеду? В туфельках и трусиках?»

Андрей жил в «сталинском» доме на Кутузовском. Когда-то здесь рядом были прописаны Брежнев и Черненко.

Инна поднялась на второй этаж. На лестничной площадке была одна квартира. Она позвонила. На нее уставился «глазок» видеокамеры. Дверь автоматически растворилась. Инна вошла в прихожую.

— Проходите сюда, — раздался откуда-то из глубины квартиры тот же магнетический женский голос.

Внутренне сжавшись, Инна вошла в огромную гостиную. В ней царил полумрак. На стенах висели картины в золоченых рамах. На журнальном столике дымился свежесваренный кофе.

А у столика сидела женщина в инвалидной коляске с замотанными пледом ногами.

Поверх пледа лежал револьвер.

— Я — Нина Дмитриевна. Садитесь. Я, как видите, не могу встать вам навстречу.

Женщина была немолода, но красива черной цыганской красотой. Глубокие, неземные, притягивающие глаза. Они испытующе смотрели на Инну.

Инна, как завороженная, села.

— Что ж, Андрей Ильич сделал неплохой выбор, — после паузы сказала жена. — Только не надо мне возражать. Я все знаю...

— И что дальше? — спросила хриплым от волнения голосом Инна. Свою сумочку она поставила на колени. Открыла ее, запустила туда руку и мяла там, рвала, скручивала свой платок.

— Дальше... — задумчиво проговорила Нина Дмитриевна.

Повисла пауза.

— Вы в русскую рулетку когда-нибудь играли? — вдруг спросила Нина Дмитриевна.

— Что? — пересохшими губами переспросила Инна.

— Ну, раз не играли, так слышали. Правила просты. Берут револьвер. В револьвере — один патрон. Игроки крутят его по очереди и стреляют каждый себе в висок.

Кто убит, тот и проиграл... Что это вы побледнели? Страшно?

— Душно у вас... — пробормотала Инна.

— Да. Душно... Ну, а я вместо револьвера предлагаю использовать кофе. С цианистым калием. Мы же с вами не гусары... Для женщин цианид как-то больше подходит, верно? — Она усмехнулась.

Инна сжалась в кресле.

— Сейчас мы возьмем по чашке кофе, — продолжала жена. — В одной из них яд. В какой — я не знаю. Честно не знаю. Вы не знаете тоже. Каждая отхлебнет, и...

— Но зачем? — потрясенная, пролепетала Инна.

— Все очень просто. Андрей встречается с вами уже два года. Значит, это у него серьезно... Человек он честный и меня никогда — я надеюсь! — сам не бросит. Но и вас не бросает. — Она вздохнула. — Значит, выбирать предстоит нам. Нам с вами. Делить вас с ним я больше не намерена... Поэтому кому-то из нас надо уйти. Я уходить не хочу. Да и не могу уйти. — Нина Дмитриевна усмехнулась. — Но и вы просто так, добровольно, от него не уйдете. Так ведь?

Инна молча кивнула. Она нервно сжимала платок в своей сумочке.

— Тогда пусть нас рассудит случай, — продолжила Нина Дмитриевна. — Давайте, пейте. — Она взмахнула своим пистолетом. — Или вы предпочитаете револьвер?.. Пейте-пейте... Считайте, что это дуэль...

Выстрел грянул неожиданно.

Пуля попала Нине Дмитриевне прямо в лоб.

Инвалидная коляска покачнулась. Ее отбросило назад. Безвольная рука задела столик. Загремела чашка. Разлился кофе.

Все было кончено.

Инна вытащила из сумочки руку с револьвером. Бок сумочки был пробит. «Хороший выстрел, если учесть, что я била вслепую, — похвалила себя Инна. — Придумала тоже, карга: русская рулетка! Я в такие игры не играю. У меня пистолет заряжен *всеми пулями!*»

* * *

Спустя десять минут Инна с объемистой сумкой через плечо уже сбегала по лестнице.

«Вы думаете, вы оба мне были нужны? — весело думала она. — Ты думал, Андрей, ты был мне нужен? Все эти твои подарки? Вся эта твоя любовь? Да ведь мне просто надо было попасть в твою квартиру, дурачок!»

* * *

Это преступление произошло семь лет назад, 23 июня 1993 года.

Тогда в квартире нефтяного магната Андрея Р. на Кутузовском проспекте была не только застрелена его супруга Нина Дмитриевна, но и похищена частная коллекция: полотно Рембрандта, семь эскизов Рубенса, два полотна Моне, эскизы Ренуара, три картины Левитана, ювелирные украшения работы Фаберже — всего на сумму около семи миллионов долларов.

Преступника до сих пор не нашли.

ЕВГЕНИЯ МИХАЙЛОВА

• КОЛЬКА-МЕНТ •

Николай Соколов и Даша Андреева жили в одном районе, учились в одной школе — он на класс старше, — но почти не пересекались. Не разговаривали даже, кроме «привет-пока» при встречах. Никакого отторжения или неприязни, вообще ничего личного, просто они были людьми из разных песочниц. И не по социальному статусу, как это часто бывает, нет, их семьи были одного «среднего класса». Преодолевали похожие трудности, добивались примерно одних и тех же житейских благ, не считали обязательным престижное образование, не стремились к карьерам. Просто жили, зарабатывали на еду, одежду, скромную машину и дачу, растили детей, учили их быть такими же, как родители. А Даша и Коля росли людьми из параллельных миров по взглядам, интересам, даже эмоциям.

После школы Даша окончила медицинское училище, устроилась на работу медсестрой в диагностический центр недалеко от дома. Николай, у которого были проблемы практически со всеми предметами в школе, поступил в школу полиции, тоже недалеко от дома, а затем явился соседям и знакомым уже в форме, с погонами сержанта и в должности помощника участкового микрорайона. Тут-то сначала местные мальчишки, а затем и все остальные соседи присвоили ему почетное звание «Колька-мент». Ничего обидного, просто для краткости. Говорили друг другу: «А ты попроси Кольку-мента, пусть поможет» или «Вот идет Колька-мент. Скажи ему, что у вас ночью кто-то сверлит дома».

Николай всегда выслушивал просьбы, добродушно улыбался и говорил:

— Я, конечно, узнаю, что тут можно сделать. Позвоните мне, вот мой телефон, — и не без гордости давал свою визитку.

Быстро пролетели годы. Однажды утром Николай встретил Дашу, не сразу узнал, а потом даже споткнулся от смущения. Наверное, она ему всегда нравилась внешне. Но как-то в детстве и юности не имело смысла даже задумываться об этом. Даша на него смотрела и не видела, а он никогда не придумал бы повода, чтобы пройти с ней рядом лишние метры. У нее были куда более видные ухажеры. А тут они прямо столкнулись на узкой дорожке. И Коля заморгал своими белесыми ресницами, ослепленный ее блеском. Даша превратилась в уверенную, скромно-элегантную даму в сером брючном костюме, облегающем ее плотную и ладную фигуру, с ярким лицом — чуть подведенные большие карие глаза, улыбчивые розовые губы, ямочки на щеках, красивая волна каштановых волос до плеч. А Даша с едва заметным веселым удивлением рассматривала Колю Соколова, который вроде совсем недавно был худеньким, щуплым, неуверенным подростком. Сейчас перед ней стоял именно Колька-мент, в форме, которая стиснула располневшее тело с откровенно обозначенным животом. А круглое лицо, как показалось Даше, не выражало ничего, кроме самоуверенности и довольства.

— Привет, Даша, ты на работу? — задал Коля оригинальный вопрос.

— Да. Сто лет тебя не видела, даже не сразу узнала в форме.

— И я не сразу. Ты такая стала...

— И ты. Такой. Приходи к нам в отделение лечебной физкультуры, вижу, тебе некогда спортом заниматься.

— Ты о чем? — озабоченно спросил Коля.

— Ни о чем, — вздохнула Даша, понимая, что умнее Коля не стал. — Возмужал ты. А в нашем центре на самом деле можно позаниматься физкультурой. И бассейн есть.

— А. Так мы ходим. Даже нормативы всякие сдаем. Нам положено. Но я зайду к тебе. Правда можно?

— Конечно. Смешной ты. Набери мой телефон только, там не просто меня найти.

Даша забыла об этой встрече через пять минут. А Коля сохранил номер ее мобильного телефона, часто открывал этот контакт и никак не мог придумать, что он ей скажет, как войдет в этот самый зал физкультуры или бассейн. Как будет переодеваться. В плавках, что ли, перед ней стоять?

Видок у него так себе, не очень. Десять лет прошло с его совершеннолетия, а весь сексуальный опыт — одна женщина-соседка, разведенная и многодетная, да две проститутки, задержанные за антиобщественное поведение. Последние, конечно, по очереди. Коля думал об этом, потому что впечатление, произведенное на него Дашей, наверное, и было влюбленностью, о которой всегда столько разговоров и в которую Коля мало верил до сих пор. Но сейчас он даже спать стал хуже.

Коля тогда так ни на что и не решился. Тем более что он вскоре узнал: в Дашиной жизни произошла большая перемена. Она привела в квартиру, в которой жила с родителями, мужчину. Коля теперь без труда получал любую информацию: сразу узнал, что официально Даша замуж не вышла. Гражданин Николаев состоит теперь с ней в гражданском браке, считай, сожитель. А был этот Николаев высоким, стройным, смуглым, мускулистым и накачанным. И смотрела на него Даша с радостью и нежностью. По всем параметрам это был крайне неприятный Коле гражданин. Какая-то тоскливая пустота образовалась рядом с

Колиным сердцем. Иногда она заполнялась тяжестью. Тяжесть каменела, обрастала острыми углами и будила злобу, желание мести и даже несчастья Даше в этом ее порочном союзе. Ну, не счастья же ей желать. Если бы она тогда его сама не позвала в этот чертов бассейн, может, ему было бы все это безразлично, вообще по барабану. Но она позвала... Никто не просил.

Пролетела еще пара лет. Даша со своим любовником по-прежнему жили вместе с ее родителями. Но, как узнал Коля, родители сделали дочку единственной собственницей квартиры. Сказали соседям, что сильно болеют и большую часть года собираются жить на даче, которую они тоже оформили на дочь. Так будет всем удобнее. «А уж насколько это будет удобнее гражданину Николаеву», — подумал Коля и собрал подробную информацию.

Андрей Николаев был тренером женской сборной по художественной гимнастике, приехал из Сочи, регистрация в Москве какая-то левая, чуть ли не временно в общежитии. Квартира у Даши с родителями была довольно большой, трехкомнатной, в хорошем доме. Дача отличная: трехэтажная, кирпичная, отец Даши был на ней просто помешан. Всю жизнь копил на это строительство и строил. Только сейчас все вроде и завершил, когда силы остались только на то, чтобы до скамеечки доковылять. Говорили, что у Дашиного отца неизлечимый, запущенный артрит.

Та зима выдалась теплой, родители Даши с ноября переехали в загородный дом. За неделю до Нового года Коля вечером опять встретился с Дашей на той самой дорожке. Только на этот раз она шла вместе с ним, с этим Николаевым. Он нес в одной руке бумажный пакет из хорошего магазина. Еда, фрукты, сверху торчало горлышко бутылки шампанского. Другой рукой Николаев обнимал за плечи Дашу. Небрежно так, по-хозяйски прижимал к себе, как будто делал ей великое одолжение. А Даша поднимала к нему лицо и больше ничего и никого вокруг не видела. Колю она даже в упор не заметила. А лицо у Даши стало до того красивым, что Коле больно было глазам. И так остро зашевелилась эта противная тяжесть на сердце...

Он в тот вечер дождался, пока мама ляжет спать, — он по-прежнему, как в детстве, жил с ней в их старой однушке, — а сам сел за кухонный стол перед бутылкой водки и стаканом. Выпил, включил компьютер, еще раз поискал и в своей полицейской базе вокруг и около Николаева. Нашел его группу в соцсетях — молодые худые девки, есть вообще какие-то малолетки на вид. И Дашин сожитель их тоже так по-хозяйски обнимает, как Дашу. Да, блин же, ахнул Коля. Этот тип катается как сыр в масле на своей тяжелой «работе». И нашел себе пристань, тыл и все готовое: московская квартира, дача в пригороде, влюбленная дурочка, которая думает, что это принц за ней прискакал.

Коля допил водку, доел все котлеты из кастрюльки на плите и почувствовал, что его голова как будто стала светлее. Там ярко сверкнула цель. Утром он шел на работу решительной, уверенной походкой. Он уже, кстати, не Колька-мент, а Николай Васильевич, будьте любезны. Не помощник участкового, а лично участковый отделения ГУВД микрорайона. Даша, конечно, не в курсе. Пока. Она даже не в курсе, кто ей друг, а кто враг.

Половина рабочего дня прошла очень

плодотворно. Коля сделал несколько нужных звонков коллегам, потом съездил на встречу в тот район, где был зал для тренировок гимнасток Николаева. Кое с кем пришлось расплатиться наличными, но дело того стоило. Правда, люди наглеют, когда речь о деньгах. Коля платил за услугу и работу, а этот товарищ из другого района сразу размечтался.

— Только, — говорит, — Колян, за каждый прибор плата отдельно. Я их сам, на свои деньги, у нужных людей покупаю.

— Не свисти, — спокойно ответил Коля. — Я ж не так просто к тебе обратился. Читал то служебное расследование, когда в женской сауне твои камеры нашли. И ты сумел выкрутиться, получил взыскание только за чрезмерную бдительность по части безопасности. Камеры были казенные, нигде ты их не покупал. Я думаю, у гимнасток, которые гнутся и моются, ты уже и без меня навтыкал приборы. Но я плачу за заказанную работу.

Коля спокойно ждал до вечера следующего дня. Поставил на стол три бутылки любимого пива, разложил на тарелке кусочки воблы из пяти пакетиков и открыл свою почту на ноутбуке. Все пришло. Ни одно кино в жизни не доставляло Коле такого удовольствия, как эти видео со скрытых камер наблюдения. Отправитель знал свое дело, видео обработал. Выделил нужные крупные планы, сбил такую нарезку, что захочешь — не оторвешься. Гражданин Николаев занимался с девчонками в трико. Кого-то хвалил, обнимал и хватал за разные места, кого-то шлепал по заду. Потом, когда все стали расходиться, он зашел в душевую, поторопил тех, кто уже одевался. Выставил их и запер дверь изнутри. Под душем оставалась одна зазевавшаяся девочка. Ну... и началось. Самое интересное было минуты на три, но Коля просмотрел все с самого начала не меньше пяти раз. Сделав последний глоток пива из третьей бутылки, Коля почувствовал что-то вроде всемогущества. Встал у окна. Вот мир за подоконником, вон белеет дом, в котором живет Даша. Спит, наверное, сны видит про свое липовое счастье. И вот он, Коля, во власти которого этот мир немного покачнуть. Много сейчас и не надо. Потихонечку.

Коля сдерживал радостное возбуждение до рассвета. И лишь когда по улице под окном пошли первые прохожие, торопясь на работу, Коля с одной анонимной, секретной почты для служебных надобностей отправил видео «работы» Николаева на электронный адрес Даши Андреевой.

Результат был такой сильный, какого Коля даже не ожидал. Временами он просто терялся. О вине, конечно, и речи не могло быть, он просто открыл глаза симпатичной ему девушке. Но хотелось, чтобы она просто выгнала этого Николаева. Даша, конечно, так и поступила. А потом начались не очень приятные события. Они не сильно расстроили Колю: каждый расплачивается за свои ошибки по-своему. Даша тоже. Просто надо было самому вовремя сделать правильный ход.

Дело в том, что Даша перестала ходить на работу, не выбиралась из квартиры два дня. Соседи позвонили родителям, те приехали с дачи и обнаружили Дашу лежащей на полу у кровати. На тумбочке лежали упаковки от всех лекарств, какие были в доме. В том числе от снотворного. Врач «Скорой» сказал, что отравление не смертельное, скорее всего, Даша не собиралась покончить с собой, просто так спасалась. Но отходить Даша от всей этой гадости будет долго. Тем более что у вашей дочери явно случилась какая-то беда, сказал врач. Даша пришла в себя, в больницу ехать отказалась: «Я сама медработник, все знаю». Запретила родителям кому-то рассказывать о том, что произошло. Они и не рассказывали, Коля все узнал от работников «Скорой». На работу Даша позвонила и сказала, что у нее грипп.

Прошла неделя, вторая, а Даша все не находила в себе сил собраться, выйти, вернуться если не к жизни, то хоть к какому-то порядку. Никто из семьи никуда не выходил, наверное, дома были какие-то запасы еды, если они вообще ели. И не вынес критической ситуации самый слабый из невольных участников Дашиной драмы — ее отец.

Коля узнал о его смерти, наверное, первым. Утром, когда тело только увезли, Коля вошел в квартиру Даши и сдержанно, но с глубоким чувством сказал ей и матери:

— Сочувствую. Я зашел на минутку — сказать, чтобы вы ни о чем не думали. Я все сделаю, оформлю и устрою сам. Вопросы буду решать с вами и по телефону. По деньгам тоже пока ничего не надо. У меня есть, потом разберемся.

Даша подняла на него сухие, больные, мученические глаза, в них засветилась вдруг такая благодарность, почти преданность, что Коля еле на ногах устоял от счастья. На такое он и не рассчитывал.

Через полгода Даша Андреева вышла замуж за Николая Соколова. Он переехал в ее квартиру. А еще через год у них родилась дочь Марина. Девочка оказалась болезненной, Даша без грусти оставила работу. Тем более и мама ее болела. И все у них пошло по плану. Весной Даша с ребенком и мамой переезжали за город, осенью Коля перевозил их в Москву. Марина пошла в школу, переходила из класса в класс, в квартире появился толстый и ленивый кот. Конечно, между собой соседи по-прежнему называли Дашиного мужа «Колька-мент». Но обращались к нему не иначе как Николай Васильевич. Он уже носил погоны майора и пешком редко ходил. Небольшое расстояние от дома до работы преодолевал на новеньком «Мерседесе». Жизнь удалась. Все получилось.

И все же что-то не вышло. И вряд ли кто-то об этом догадывался, но за закрытой дверью квартиры Андреевых все шло категорически не так, как хотелось бы каждому члену семьи.

Дочери Марине стукнуло пятнадцать, затем шестнадцать, а Коля по-прежнему чувствовал себя в этой квартире как сосед, который зашел переночевать. Начать с того, что ни жена, ни дочь не взяли его фамилию. Даша осталась Андреевой, и Марина заявила, что паспорт хочет получить на мамину фамилию. Такое, конечно, часто бывает, но в их случае это была не формальность. За столько лет ни у кого в семье не появились общие с Колей темы, интересы. Они втроем — Даша, дочь и бабушка — читали одни книги, смотрели одни фильмы, увлеченно обсуждали одни новости из интернета. Коля много раз пытался рассказывать о том, что происходит у него на работе, но терпела эти рассказы только теща. А жена с дочерью всегда вспоминали, что именно сегодня можно скачать новый фильм, который они очень ждали.

Коля вовсе не рассматривал это как драму или аномалию, со временем, наоборот, стал находить в том удобство и преимущество. Квартира большая. Они все заняты своим. Его служебные дела все сложнее, родственникам о них лучше не знать. А он спокойно поваляется на диване, посмотрит под пиво передачу, которая им всем кажется тупой. А ему в самый раз. Но дальше наступает ночь, Коля приходит в супружескую спальню. Он не большой знаток в науке страсти нежной, но то, что жена едва выносит акт их физической близости — другими словами эту обязаловку не назовешь, — понятно было бы ежу. Да и ему самому с годами надоело смотреть в ее замкнутое, чужое лицо. По сути, близки они были, как родные люди, только в те дни, когда Даша болела из-за другого, а Коля помог с похоронами ее отца.

Но даже физиологическое отчуждение жены не стало самым болезненным моментом в супружеской жизни Коли Соколова. Настоящей неприятностью для него оказалось то, что Даша наотрез отказалась обсуждать перевод на него как на основного собственника квартиры и дачи. Собственником по-прежнему оставалась она, он вроде при ней приживала с регистрацией по этому адресу. Он сам так мигрантов регистрировал пачками по таксе в квартирах москвичей.

— Никак не пойму, зачем это тебе нужно? — спрашивала Даша с раздражением. — Я постоянно дома, именно я занимаюсь делами квартиры и дачи. Ты целый день, а то и ночь на работе, если вдруг понадобится нам серьезный ремонт или квартиру продавать-покупать, мне от тебя доверенность, что ли, брать?

— А зачем ее продавать и что покупать? — напряженно спрашивал Коля.

— Так Марине же через несколько лет восемнадцать. Я хочу, чтобы у девочки была своя маленькая квартирка, рядом, но отдельно.

Колю аж замутило от такой перспективы. Он понимал одно: меньше — это хуже, чем больше. Домой он стал приходить все позднее. Потом и ночевать стал приходить все реже, не объясняя причин... Конечно, у него мама живет рядом, но жена никогда не уточняла, там ли он провел ночь.

И однажды дворовые сороки принесли на хвостах Даше новость, которую она приняла сурово и спокойно. Мгновенно приняла решение. У Коли появилась другая женщина, директор маленького ресторанчика в их же районе, звали ее Зинаидой, и была она дамой с полотен Рубенса, хотя Коля не знал о существовании таких полотен.

Развод прошел быстро, незаметно и безболезненно. Коля собрал свои вещи, вынес в машину, захватив и новенький планшет, который сам недавно подарил Марине на шестнадцатилетие. Не заслужила она таких подарков. Даже голову не повернула, когда он собирался. А у Зинаиды есть сынишка, неудобно к нему с пустыми руками.

Даша не сильно интересовалась подробностями нового супружества бывшего мужа, но от сплетен не увернешься. Говорили — и по всему это было правдой, — что Коля купил на имя новой жены дорогую квартиру, неплохой домик и еще один «мерс». Даша уже была опытным, многое понимающим человеком. Ей стало ясно, о чем тут речь: Коля прячет взятки и поборы. Зинаида для него в этом смысле идеальна: не просто супруга, но и кошелек. Так почти у всех чиновников — в погонах и без.

Дашу с удовольствием приняли на работу в диагностический центр, там как раз уволились многие сотрудники. Умелая, внимательная медсестра быстро нашла среди пациентов центра людей, которые нуждались в частных медицинских услугах на дому. Вскоре ее телефон передавали «только своим» по рекомендациям. Зарабатывала она неплохо, но главное, наверное, в том, что Даша поняла, как она любит свою работу.

Надо отдать должное Коле: бывшую семью он не бросил. Заглядывал на минутку — взглянуть, как дела, — чуть не каждый день, в субботу или воскресенье приходил на обед. Если семья была на даче, приезжал туда. Тут не надо было быть большим психологом, чтобы понять: они все без него както расслабились, чтобы не сказать — распустились. И в московской квартире, и на даче постоянно толклись подружки-дружки Марины. Даша постоянно спасала и пристраивала каких-то брошенных котят и щенков. И они до пристройства пи́сали куда хотели, иногда прямо в Колины ботинки, которые он всегда аккуратно оставлял у порога.

Марине исполнилось восемнадцать, о том, что дочь поступила на филфак университета, Коля узнал через месяц, когда пришел на ее день рождения с букетом. Теща сообщила, не дочь, не жена. На этом дне рождения Коля напряженно рассматривал приглашенных мальчиков. Он ни на секунду не забывал слова Даши о маленькой отдельной квартирке для дочери. Молодежь сейчас такая, что неизвестно, кому достанется маленькая квартирка, если начать делить.

Однажды Коля приехал к семье на дачу, а там лазарет какой-то. Марина была в Москве, а теща и Даша лежали. У тещи радикулит, у Даши сильная простуда. Жена ему даже обрадовалась.

— Как ты вовремя. Маму нужно отвезти на квартиру, тут сыровато. Маринка вызовет ей врача.

— А ты?

— А я тут останусь. У меня ерунда: просто насморк. Не тащить же животных в Москву из-за трех дней.

Кошек у Даши было уже три.

— Ладно, — сказал Коля, — отвезу. Без проблем. Только одну вещь тебе хочу сказать. Вот сейчас у тебя простуда, а не дай бог что-то серьезное. Вы же все пропадете: твоя мать, которая и без радикулита еле ходит, ты сама, которую некому будет в больницу отвезти, Марина, потому что ни к чему не приучена, один ветер в голове. Даже кошки твои.

— Ты о чем? — уточнила Даша.

— О том же. Квартире и даче нужен хозяин. Беспомощным женщинам и даже кошкам нужна опора. Мы с тобой развелись. Но это не значит, что я вас бросил. Ты же видишь, я тут, я за всем слежу. И у меня должны быть формальные права, если вдруг что-то случится.

— А что именно? — уже с острым любопытством спросила Даша. — Что такое страшное может случиться? Ты, случайно, не смерть мою от насморка имеешь в виду?

— Ты знаешь, какая у меня работа. И я знаю, как все это случайно происходит, да, и смерть. А люди ни о чем не подумали, пока была возможность, — произнес Коля почти программную речь.

— Коля, это какая-то мания. Ты женат. У тебя другая семья. Ты запихнул в новую жену, как в матрас, все, что мог. Но тебе почему-то по-прежнему нужно быть владельцем моей квартиры и моей дачи. Это все никогда не было у нас общим. А без этого обладания ты не можешь нам помогать? Отвезти туда или сюда. Больше вроде ни по одному поводу мы не обращались.

— Ты ничего не поняла, — отрезал Коля. — Я забочусь только о вас. И точно знаю, что, кроме меня, вы никому не сдались. Разве только Марина приведет, как ее мама когда-то, своего афериста Николаева. Огромное количество людей женятся второй и третий раз, но для всех семей они остаются хозяевами в доме.

Коля отвез тещу в московскую квартиру, Марина открыла дверь и поцеловала только бабушку. Сказала, что сейчас вызовет врача, и явно ждала в прихожей, пока отец уйдет. Коля ушел, чувствуя не беспокойство, а знакомую злобу с острыми краями. Он не видел в дочери ничего от себя. По времени никак не получается, но иногда она ему очень напоминала гражданина Николаева. А черт их всех знает, это он не проверял. Да уже не больно-то и нужно.

Через три дня Коля приехал навестить простуженную Дашу. Привез лимоны, мед, банку малинового варенья, которое сварила его мама без всякой дачи. У них тут ничего не растет, потому что никто не сажал, не выращивал и не собирал. Сильно интеллигентные.

Они посидели вдвоем, как добрые супруги, пили чай, Даша хвалила мед и варенье бывшей свекрови. Потом глаза у нее сами стали слипаться, она сонно улыбнулась Коле.

— Засыпаю прямо. Спасибо тебе. Ты иди, пока я не уснула, чтобы я могла запереть дверь изнутри.

Коля попрощался, сел в машину, неторопливо поехал по пустынной ночной дороге, наслаждаясь тишиной. До Кольцевой он не доехал. Через двадцать минут раздался звонок от Даши. Голос звучал странно, напряженно:

— Коля, ты далеко? Извини, но ты не мог бы вернуться? Мне вдруг нехорошо стало, голова закружилась. Я прилегла, но стало еще хуже. Наверное, надо «Скорую» вызвать, но к нам ехать будут долго. А я боюсь провалиться в сон, не смогу открыть.

— Подожди, — сказал Коля. — Не надо вызывать, я сам тебя отвезу в одну больницу. Как-то сопровождал туда «Скорую» с одной жертвой. Вроде ничего и, наверное, помнят меня. Они тебя сразу примут.

— Ты меня там и подождешь, чтобы домой отвезти?

— Конечно, сделают укол какой-нибудь, а оттуда одинаково ехать. Хоть на квартиру, хоть на дачу.

Даша позвонила дочери в начале второго ночи. Голос был очень слабый, но говорила ясно, все четко помнила и даже описала дорогу в больницу.

— Мариш. Я в больнице. Отец твой меня сюда отвез, потому что я плохо себя почувствовала. Мы думали, просто сделают укол, дадут лекарство и он отвезет меня домой. Но мне тут стало хуже, я остаюсь, отец уехал... Меня вообще везут в реанимацию. Запиши номер больницы... Это, наверное, еще область. Но совсем рядом с Москвой. Мы ехали по нашей дороге от дачи, ну, ты знаешь... Может, вырвешься завтра утром. Бабушку пока не беспокой. Целую.

Марина быстро оделась, вызвала такси, и они с водителем без труда нашли эту маленькую, какую-то захудалую больницу. Охранник на входе ее не пускал. Она что-то объясняла, потом кричала, требуя провести к матери. Наконец к ней вышла мрачная тетка в больничном халате и сказала:

— Ты что, хочешь, чтобы мы полицию вызвали? Орешь как ненормальная. Покажи паспорт. Ты точно дочь Андреевой? Понятно. Твой отец так и сказал, что ты эмоционально нестабильная. Нельзя тебе пока к ней. Она вообще сейчас в коме. Подключают к аппарату, будут делать МРТ и все такое.

— Этого не может быть. Мама мне звонила отсюда совсем недавно, она нормально говорила.

— Много ты знаешь про то, как может быть. У нас именно так и бывает. Возвращайся домой, поспи, потом можешь позвонить по этому телефону. Если скажут, что еще в реанимации, — не стоит и рваться. Все равно никто тебя не пустит. Твой отец с нами на связи. Это дело взрослых.

Марина вернулась домой на том же такси и до утра читала в интернете о той больнице, в которую попала мать, и о клиниках, институтах и больницах Москвы, где исследуют больных с подобными симптомами. Эта больничка, в которой оказалась Даша, — вообще типа районного перевалочного пункта, куда привозят на «Скорой» максимум на три дня. Марине было совершенно ясно, как нужно действовать. Утром она все рассказала бабушке:

— Ты только не пугайся, сейчас с такими вещами быстро разбираются. Главное, маму перевезти в нормальное место, чтобы в больнице было хорошее оборудование и специалисты. Просто деньги понадобятся, и немало. Не хочу просить у отца, да и бесполезно это, я думаю. Сколько у нас денег на счете?

Счет, на который Даша откладывала часть зарплаты и выплаты за любую подработку, был у них общий со дня совершеннолетия Марины. Но заглядывали в него только Даша и бабушка.

— Деньги у нас есть, — ответила бабушка. — Ты же знаешь: мы с мамой каждый лишний рубль отправляли на счет. На твое будущее, как говорила Даша. Ты думаешь, мы можем это тратить? Может, обойдется и Даше там станет лучше?

— Бабушка, ты себя слышишь? Речь о мамином здоровье, возможно, о ее жизни. В кому просто так не впадают и легко из нее не выходят. Мама никогда не болела ничем тяжелее насморка. Да, я уверена, нужно снять все, чтобы в любое время суток было под рукой. Просто сними все и закрой счет. А я поехала в больницу.

А дальше началось такое безумие, что Марине круглосуточно казалось, будто она попала в какое-то Зазеркалье. В больницу ее категорически не пускали, там уже было несколько охранников. По телефону говорили, что положение ее матери настолько тяжелое, что информацию может получать только взрослый человек, то есть отец. У бабушки совсем отнялись ноги от ужаса, она пыталась звонить, с ней вообще никто не говорил. Марина позвонила отцу:

— Что там происходит в этой больнице? Это вообще больница? Я уже сомневаюсь. Они мне даже маминого диагноза не говорят.

— Так его еще и нет. Они берут анализы, — спокойно ответил Коля. — И мне звонили, что ты сильно буянишь и всем мешаешь. Дочка, я понимаю твое беспокойство, но ты только мешаешь людям делать свою работу.

— Ты хочешь сказать, что у них до сих пор нет диагноза? Что мама по-прежнему в коме?

— Да, в коме. И точного диагноза пока нет. Есть разные предположения. Типа клещ укусил, инсульт, какая-то мозговая инфекция... Говорю же, все это проверяют.

— Это бред, то, что ты говоришь. Инсульт с легкостью устанавливают в первые минуты: это кровоизлияние в мозг, каша в мозгу, если так тебе яснее. Укус энцефалитного клеща через пятнадцать минут по крови обнаруживает обычный ветеринар у кошки или собаки. Загадочная инфекция в один момент... Если они все это тебе говорят, значит, точно знают, что ты ничего не понимаешь.

— А ты понимаешь?

— Да, у меня мама — профессиональная и хорошая медсестра. И я все это читаю круглые сутки. Папа, я прошу тебя: давай перевезем маму в нормальную больницу. Я выписала все адреса. Прочитала все отзывы. У меня даже есть фамилии конкретных специалистов, их знают во всем мире. И деньги мы с бабушкой все сняли. Тебе нужно просто сказать этим дубинам, чтобы выдали нам маму. В любом состоянии. Они убивают ее. Для мозга важна каждая минута. У них нет ни такого оборудования, ни таких лекарств, ни таких собственных мозгов.

— Хорошо, успокойся. Я спрошу у врачей. Нормальные там врачи. Не придумывай, я узнавал. И если скажут, что человек нетранспортабельный, что нельзя отключить от аппарата... Надо ждать.

— Я все тебе сказала. Именно ждать и не надо. Перезвоню через полчаса.

Но ситуация не просто не сдвинулась, начался полный кошмар, который длился два месяца. За все время Марину только один раз пустили к матери. Даша лежала, опутанная трубочками, самая толстая из них была у нее во рту, ее через нее кормили. Она не могла бы заговорить, даже если бы была в состоянии. Глаза открыла, на Марину вроде бы посмотрела. Дочери показалось, что в глазах матери блеснули слезы. Ни на один свой вопрос Марина ответа от персонала не получила. Она вылетела из больницы и прямо с улицы начала звонить по уже сохраненным телефонам.

Через два дня Марина вернулась домой, когда в квартире был Коля. Марина остановилась в прихожей и послушала его речь, обращенную к бабушке.

— Мы — взрослые люди, и мы должны нормально принять новую ситуацию во всем объеме, — говорил Колька-мент. — Есть диагноз, нет диагноза — результат один. Даше жизнь, получается, спасли, значит, не такие там плохие врачи, вряд ли кто-то за большие деньги сделал бы больше. Но надеяться на то, что Даша станет полноценным, трудоспособным человеком, уже не приходится. Ходить она не будет наверняка, мозг не умер полностью, но и ничего хорошего. Мы можем привезти ее сюда, но это очень тяжелый уход. Я считаю, надо подумать о специальном учреждении для таких инвалидов. И главное, что я хотел сказать: у меня пока связаны руки. Вот я подготовил с юристами документы — полное опекунство над бывшей женой-инвалидом, дочерью, которая пока не зарабатывает, и вами, как моей престарелой родственницей, у всех вас, кроме меня, больше никого нет. И, разумеется, перевод собственности на всю недвижимость. Этим надо срочно заниматься. Дача уже начинает разваливаться, да и по квартире много вопросов. Почитайте, подпишете уже у нотариуса. Это не к спеху пока. Надо еще, чтобы Дашу признали недееспособной. Такая есть формальность, раз она полная собственница.

Бабушка заплакала, а Марина шагнула в комнату и какое-то время стояла на пороге, смертельно бледная, не в силах разжать зубы и заговорить. Но справилась с собой и выпалила приготовленную в прихожей речь сразу и полностью:

— Специальное учреждение для мамы? Для тебя полная опека над нами всеми? Управление нашей квартирой и дачей? Да это же просто мечта мента какая-то. Документы, говоришь, есть? И у меня они почти готовы. Для начала покажу на телефоне. Вот согласие известного исследовательского центра принять маму сегодня же. Вот мое заявление в прокуратуру по поводу так называемого лечения мамы и стремной больницы, которую нашел ты. Вот контакты юриста и частного детектива, который ведет по моему поручению расследование. Вот мой с ним договор.

— Да ты гонишь! — рассвирепел Коля. — Начиталась всякой фигни и детективов в интернете насмотрелась. Кто у тебя что примет. Кто ты такая, соплячка, еле восемнадцать стукнуло.

— Мне недавно исполнилось девятнадцать, папуля, — презрительно ответила Марина. — И я полноценная гражданка, у которой по такому серьезному поводу все уже приняли. Собственно, маму сейчас уже перевозят в исследовательский центр. Ее документы из больницы везет мой представитель — частный детектив Кольцов. Возможно, ты о таком слышал.

— То есть ты так с родным отцом? — встал в позу Коля. — Смотри, не пожалей. Как бы вы все не пожалели. Надеюсь, ты врешь. Но если на самом деле накатала заяву на отца — не жди ничего хорошего.

Коля хлопнул дверью, вышел из дома и прямо из машины начал наводить справки. Узнал только одно: его жену на самом деле без его ведома перевели в исследовательский центр, дорогой, к слову. Главврач больницы сказала:

— Николай Васильевич, мы ничего не могли сделать. Приехали юрист с поручением дочери и представитель прокуратуры. Сказали, что требуются срочные исследования и новые экспертизы по поводу лечения и причины болезни. Я скажу вам больше: это пока не официально, но мне верный источник сообщил, что к нам направят комиссию для проверки. Это такая нам благодарность за почти три месяца помощи вашей жене за ваши гроши и ваше честное слово, извиняюсь, конечно.

Ситуация с Дашей менялась стремительно. В исследовательском центре с самым передовым оборудованием ей первым делом отменили назначения прежней больницы. Вытащили трубку изо рта, которая шла в желудок. Убрали все капельницы, провели проверку мозга, взяли новые анализы и сравнили их с результатами тех, которые были в истории болезни. Лечащий врач сказал Марине в присутствии ее представителя Кольцова:

— Ни по каким первичным анализам и процедурам не вижу повода подозревать инсульт, энцефалитного клеща, даже сосудистую дистонию. Сейчас трудно что-либо утверждать, но по симптомам и состоянию внутренних органов могу предположить, что речь идет об отравлении. Такие яды быстро испаряются из крови, если нужна точность, то требуется эксперт-криминалист. А мы сделаем, что можем. Мозг, кстати, в порядке. Больную явно держали под тяжелыми препаратами, то есть кома была химическая.

Дашу привезли домой через две недели. Она была страшно слаба. Не могла самостоятельно передвигаться, но нормально говорила, помнила все и в центре отвечала на все вопросы врачей, экспертов и следователя. Она смотрела на Марину с изумлением и слезами благодарности. Вдруг рядом с ней из нежной девочки в самый тяжкий час явился сильный, мужественный, ответственный и решительный человек.

— Главное для тебя, мама, — это хорошо есть. И работать. Я уже договорилась с массажистом и тренером по лечебной физкультуре. Они будут тебя мучить. Это не может быть не больно, но за восстановление мышц придется бороться, — говорила Марина, поставив перед Дашей поднос с каким-то чудодейственным блюдом, рецепт которого она нашла в интернете.

Раздался звонок домашнего телефона. Марина подняла трубку. Чудеса: впервые ее отец звонил перед тем, как подняться в квартиру.

— Конечно, заходи, — оживленно произнесла Марина. — Мы тебя ждем.

Коля удивился и на всякий случай оробел. Что-то тут не так. Но вошел и бодро направился к жене:

— А ты уже не так плохо выглядишь, как раньше.

В это время Марина еще раз открыла входную дверь, и в комнату вошли мужчины, вид которых был неприятен Коле до судорог.

— Разрешите представиться, — сказал пижон в джинсах. — Частный детектив Сергей Кольцов. — Представляю интересы вашей дочери и жены. Попрошу в их интересах не приближаться ни к той, ни к другой.

— Да ты че?! — рявкнул Коля.

— Полковник Земцов, — по виду совсем опасный тип сунул Коле под нос удостоверение. — Начальник отдела по расследованию убийств. Николай Васильевич Соколов, вы подозреваетесь в попытке убийства вашей жены Дарьи Андреевой путем отравления ядом, который во время обыска по ордеру прокуратуры и был найден в сейфе вашего рабочего кабинета.

— Да я... Туда не только я могу положить... Да это там давно валяется... Изъяли у подозреваемого. Да какое убийство, не могло быть никакого убийства...

— Замечу, Вячеслав Михайлович, — обратился к полковнику пижон в джинсах. — Подозреваемый фактически сознался, что яд мог находиться в сейфе с его ведома. И не только для данного случая, а «давно там валяется». Также фактически сообщил о том, что доза была точно рассчитана, чтобы жертва не умерла там, где они вдвоем попили чаек. «Не могло быть никакого убийства». Она должна была умереть в больнице, с долгой путаницей диагнозов, с соучастниками в виде врачей. Или, как он рассчитывал по плану Б, осталась бы молчащим инвалидом, запертым в закрытом учреждении, где дело бы довели до конца. Марина записала речь Соколова, в которой он это предлагает бывшей теще и требует полной опеки над всеми членами семьи и единоличных прав на недвижимость.

— Соколов, — обратился к Коле Земцов, — вы профессионал и все знаете о чистосердечном признании. Как это здорово в вашем положении. Тем более что дилер, который поставил вам для личных надобностей яд, уже задержан и дает показания, в том числе и об источнике. Так что на выход. Прошу прощения у всех присутствующих за то, что омрачили радость встречи с Дарьей.

Даша хотела только лежать и выдыхать свое бесконечное бессилие. Она все понимала и помнила, но ни мозг, ни душа не были готовы к муке настоящего осознания. Как можно такое понять и выжить: твое тело, твой мир, твои покой и счастье истребляли долго и продуманно даже не потому, что ты чей-то враг. Только потому, что ты обладатель какого-то жалкого барахла. Но Марину никак нельзя теперь подвести. И Даша работала, терпела боль, временами ей казалось, что она теряет сознание, что ничего больше не вынесет. Но физическая подготовка дома закончилась. И Даша наконец вышла с дочерью рано утром на пробежку. Вдохнула свежий воздух, устояла на уже окрепших ногах и потянулась за тоненькой, несгибаемой фигуркой своего ребенка, своей спасительницы.

Потом они пили чай в кухне, ели теплые тосты. Для Даши все это было как в томительном сладко-горьком сне, и она все время думала лишь о том, чтобы не пролились непрошеные слезы.

— Я буду работать, мама, — сказала Марина. — Может, даже получится остаться на дневном отделении. Полно предложений на вторую половину дня: репетиторство, просто забирать детей из школы, да что угодно. Это и практика.

— Я тоже, — тихо ответила Даша. — Я тоже скоро смогу что-то делать. Я не чувствую себя больной. Но я скажу только тебе: я никогда не стану здоровой. Не физически. Во мне что-то убито, то, что не подлежит восстановлению. Не знаю, как посмотреть людям в глаза. У меня увечная душа.

Марина долго молчала. А потом произнесла:

— Я очень хорошо понимаю, о чем ты. И тоже переживала что-то похожее. Так, наверное, у всех, кого настигает нестандартное, неестественное несчастье. Но я вижу, как ты возвращаешься, как мы с тобой всю нашу жизнь возвращаем, и понимаю другое. Это наша победа. Да, я гордо выйду сейчас из дома и так же посмотрю всем в глаза. И жертвам, и преступникам. Именно такими стали мне казаться все люди. Мы сумели не погибнуть — вот до чего мы сильны. Потому что любим друг друга. Ты же ради меня терпела боль с этой гимнастикой, никто бы ради себя на такое не пошел, мне кажется.

— Ладно, моя золотая, моя деточка-победительница. У тебя есть деньги на дорогу, на обед?

— Полно, — весело ответила Марина. — Еще и бабушка подкинула из пенсии. Я и домой что-то вкусное принесу. Кстати, долгов у нас нет, с центром рассчитались. А Кольцов, наш чудо-детектив, отказался от гонорара. Сначала по-хамски пошутил, сказал, что не грабит пигалиц, а использует их в своих профессиональных интересах. А потом исправился: «Пусть это будет мой вклад в великое дело становления юных, отважных и гордых душ».

— Какие хорошие слова. — Даша опустила ресницы, поймав ими золотой лучик то ли солнца, то ли надежды.

МАРИНА КРАМЕР

• КИЛЛЕР ВСЛЕПУЮ •

На кой черт я пришла сюда? Ностальгия замучила, что ли? Не видела я вас всех почти пятнадцать лет — и еще бы столько. Проклятый Интернет...

Идея зарегистрироваться на сайте по поиску знакомых, друзей и прочих пришла как-то сама собой, в понедельник, на работе. Трудилась я бухгалтером в строительной конторе, доступ к Инету свободный, начальник не контролирует расход трафика. И началось... нашлись даже те, кого я успела забыть — то есть вообще не представляла, как они могут выглядеть сейчас. Наш класс никогда не был дружным коллективом, после выпускного мы совсем разбежались, а вот теперь сидим, понимаешь, в ресторане на встрече одноклассников... Шедевр просто!

Почему большинство мужчин с возрастом становятся толстыми, обрюзгшими и какими-то побитыми жизнью? Женщины, те за собой следят, стараются выглядеть лучше, а мужчины словно считают, что они и так подарки всему человечеству. Вон Витька Семеркин — такой был сердцеед и красавчик, а сейчас даже смотреть в его сторону противно — глаза заплыли салом, пузо как у беременной тетки, пальцы как сосиски. И это за ним бегали почти все наши девчонки, а также те, кто на год-два-три моложе?! Ни за что не поверила бы!

Или Игорь Ворожейкин... Ну, это же просто пародия! Блондин с сальными длинными волосами, собранными в липкий хвостик на затылке, в потертых джинсах и ярко-зеленой рубахе. Компьютерный гений, одно слово!

С этим самым Ворожейкиным был у меня бурный роман в конце девятого класса. Караул! Как я могла целоваться вот с этим? Бррр!

Хотя... что это я вдруг? Обычно из меня не льется столько желчи и сарказма, я вообще существо миролюбивое и спокойное. Хватит, Люся, бери себя в руки, иначе дело кончится скандалом, а он совсем здесь не к месту.

Я приняла непринужденную позу, потянулась к стакану с минералкой, и тут возле меня возникла Наталья.

— Чего скучаешь?

— Да не скучаю я, — как можно небрежнее отозвалась я. — Садись, поболтаем.

Наталья — моя единственная школьная подруга, довольно известный косметолог, красивая женщина, счастливая мать девчонок-двойняшек, похожих друг на друга, как две пуговицы от пальто. Наташкин муж учился с нами в параллельном классе, и вот он-то как раз полностью опровергает мою теорию о «побитых жизнью» мужчинах. Сохранился Влад в почти прежнем состоянии, все так же высок, строен и подтянут. Да и немудрено — при такой жене нужно быть в форме, иначе убежит, махнув хвостом. Верность никогда не значилась в списке положительных Наташкиных качеств, это я еще со школы помню. Бедолага Влад натерпелся от строптивой красотки... Однако с честью выдержал все испытания и сумел-таки окольцевать первую красавицу класса. У них совместный бизнес, очень преуспевающая клиника пластической хирургии. Я, правда, удивляюсь, как они могут вместе и работать, и жить, и даже выходные проводить — я бы сошла с ума. А Стрыгины — хоть бы что, живут, души друг в друге не чают.

— Ты, Людмилка, совсем что-то пропала, — начала Наталья, перекинув ногу за ногу. — Ты хоть бы позванивала иногда, а то совершенно потерялась.

— Да работы полно, — вяло отмахнулась я, не желая называть истинную причину моих редких звонков и визитов в дом Стрыгиных.

Дело в том, что мы с Владом... как это помягче сказать... короче, связь у нас с ним была, вот что. Собственно, я сюда-то и идти не хотела исключительно из-за того, чтобы не наступать себе на больную мозоль — потому что Влад меня бросил. Но поддалась на уговоры Ангелины — одноклассницы и одновременно жены моего шефа.

Мне жутко стыдно перед Натальей, она моя лучшая подруга — но и отказать Стрыгину в определенный момент я просто не смогла. Я любила его тайно еще со школы, примерно с того момента, как рассталась с Ворожейкиным. Влад же если и замечал меня, то только как приложение к его прекрасной Натали — я была у нее кем-то вроде Санчо Пансы. Конечно, с годами я сильно изменилась, вплоть до коррекции черт лица с помощью пластики, и теперь выглядела, как говорили окружающие, холеной и привлекательной. И бабник Стрыгин, вспомнив, видимо, мои бросаемые тайком взгляды и томное выражение лица, при возможности начал увиваться около. И я сдалась, хоть и понимала, что предаю Наташку. Сдалась. Не совладала с желанием узнать, каково это — быть с таким мужчиной. А потом... В общем, была — и сплыла связь наша...

Я тоскливо посмотрела в ту сторону, где стоял Влад, о чем-то беседуя с Ворожейкиным. Господи, ну почему все так? Хотя конечно — по сравнению с Наташкой я просто бледная моль, даже несмотря на то, что одета я ничуть не хуже, и лицо мое теперь весьма даже ничего, и фигура в порядке — подтянутая, без единого грамма лишнего жира. Но не в тряпках, видно, дело...

Вечер катился своим чередом — тосты, воспоминания, кутерьма, и вдруг все веселье было прервано истошным криком:

— Влада убили! Влада Стрыгина убили!

После долгой паузы тишину разорвал Наташкин протяжный вой. Она вскочила из-за стола, где, красиво забросив ногу на ногу, минуту назад сидела и беседовала с кем-то, и побежала к выходу из зала. За ней рванули и остальные.

Тело Влада лежало в кустах сирени у крыльца ресторана. Как-то вышло, что голова оказалась как раз в ярком пятне света от большого фонаря, и потому кровавая лужа вокруг нее выглядела особенно страшно. Наташка сидела рядом с телом мужа прямо на траве, не заботясь о том, что кремовое платье будет безнадежно испорчено. При чем платье — когда рухнула жизнь...

Через какое-то время приехала полиция, нас всех попросили вернуться в помещение, а еще через час в моей сумке обнаружили пистолет...

Когда дверцы «воронка» захлопнулись, я, припав к маленькому зарешеченному окну, встретилась взглядом с Ангелиной. То, что я прочитала в нем, буду помнить, наверное, всю жизнь...

В камере после всех процедур оформления я забилась в самый дальний угол, поджала ноги и задумалась. Как это вышло? Как так могло случиться? Что это было вообще? Ведь это так... неправильно! Этого просто не должно было случиться.

...Моя личная жизнь как-то не задалась — после окончания школы я поступила в педагогический институт, но на факультете, разумеется, оказалось всего пятеро молодых людей, и те какие-то дефективные — да и кто из нормальных мужиков в начале девяностых поступал учиться на факультет биологии? В школе, куда я устроилась работать по окончании вуза, тоже был только один представитель сильного пола — предпенсионного возраста трудовик Геннадий Игнатьевич. Времени на дискотеки и кино у меня не было, как, собственно, не было и лишних денег. Моя мама тяжело больна — у нее парализована левая половина тела, результат обширного инсульта. Спасибо за это моему дорогому папане, на старости лет возомнившему себя ловеласом и ускакавшему к молодой стрекозлихе. Это и свалило маму, а через полгода папаня вернулся, поджав хвост и опустив уши — прости, мол, Тамарочка. Но и я уже была достаточно взрослой, чтобы громко и решительно выставить его обратно вместе с нехитрыми пожитками, что он успел забрать у своей пассии. Мама сильно переживала, обвинила меня во всех грехах, но я осталась тверда и неприступна в своем нежелании понять и простить предавшего нас отца, и ей ничего не осталось, как смириться.

Но ходить мама больше не могла, да и обслуживать себя тоже, и мне приходилось работать еще и ночной няней в круглосуточном детсаду, потому что моей учительской зарплаты едва хватало на лекарства, массажи и еду. А ведь есть еще коммунальные платежи, есть какие-то непредвиденные расходы, да и я сама еще была совсем девчонкой, и мне хотелось нарядиться и хорошо выглядеть перед учениками. Поэтому приходилось подрабатывать там и сям, чтобы хоть чуть-чуть сводить концы с концами. Кроме детсада, я брала двух-трех оболтусов и подтягивала их по биологии, или помогала абитуриентам готовиться в вузы, где профильным предметом была именно биология. Так продолжалось вплоть до того дня, когда я совершенно случайно встретилась с Гелькой Разумовской.

Ангелина налетела на меня в супермаркете, куда я обычно заходить стеснялась — со своим тощим кошельком я могла позволить себе только пачку жвачки. Но мама в очередной раз лежала в стационаре, ей нужно было хорошо питаться, и я зашла в этот музей купить индюшатины. В тот момент, когда моя рука растерянно блуждала над холодильником в поисках упаковки поменьше, меня кто-то взял за локоть. Я вздрогнула и разогнулась — рядом стояла невысокая полная женщина, лицо которой отдаленно напоминало мне кого-то.

— Люся? — заговорила она низким голосом, и я тут же вспомнила — Гелька!

Гелька Разумовская, моя соседка по парте с первого по пятый класс! Гелька, с которой мы делили эту самую парту не на жизнь, а на смерть, проводя каждый день карандашом черту ровно по центру — и не дай бог никому переместить локоть, обтянутый коричневым рукавом школьного платья, за эту межу! Гелька, после ухода которой у меня так и не было настоящей подружки вплоть до восьмого класса, когда сошлась с Натальей Куликовой... Но как же она изменилась, надо же! Располнела, разъехалась вширь... Волосы выкрасила в ярко-свекольный цвет, и они висят по плечам и спине, как веревки. На ней был красивый белый костюм со свободной длинной юбкой, немного скрадывающей полноту, босоножки на чудовищно высокой танкетке, а в волосы надо лбом небрежно воткнуты темные очки с надписью на стекле «Versace».

— Геля... Надо же — столько лет, и ты меня узнала! — выдохнула я, и Гелька рассмеялась своим низким голосом:

— Ну, это немудрено, Люсек, — ты все такая же крыска в очочках, и щуришься так же, как раньше — как будто сыр унюхала.

Это меня укололо — я начала понемногу забывать свою школьную кличку «Люсинда-крысинда». Зрение с возрастом стало только ухудшаться, носить контактные линзы я так и не научилась, а потому очки стали моим фирменным аксессуаром. Правда, я старалась выбирать максимально дорогую оправу, насколько это позволял размер моего кошелька, но все равно ничего приличного купить себе не могла. И Гелька, уже в детстве не отличавшаяся тактичностью, даже не посчитала нужным скрыть то, как именно я выгляжу в ее глазах.

— Ты зато изменилась, прямо не узнать, — буркнула я, и Гелька горделиво улыбнулась:

— Ну так! Сейчас столько возможностей — только успевай поворачиваться.

— А где ты работаешь?

— Я? Работаю? — приподняла выщипанные брови бывшая подруга. — Бог с тобой, Люся! Если есть голова на плечах, можно самой ничего не делать — всегда найдется кто-то, кто за деньги выполнит все, что тебе нужно. Я удачно вышла замуж, муж мой... хорошо упакованный товарищ, скажем так. Фирма у него строительная — занимается ремонтами, работает в основном на госзаказе. А чтобы мне не было скучно, подарил большой магазин женской одежды, так что вот там я типа и работаю. А ты чем занимаешься?

— Биологию преподаю, — пролепетала я, впервые в жизни испытав чувство неловкости за свои китайские спортивные брюки и дешевую футболку.

— А-а, шкрабы, значит, — протянула Гелька с еле заметной издевкой. — И что — никаких попыток как-то изменить свое положение?

— А чем тебе мое-то не нравится? — разозлилась я. — Зато не ворую, на свои живу!

— Ну, это понятно. Пролетарская гордость, — съязвила Гелька. — То-то и смотрю, пакет с мясом самый микроскопический выудила, как только рассмотрела-то — с твоим зрением! Ладно, не дуйся, я ж не в обиду, чего ты! — Она схватила меня за руку, так как я отвернулась и пошла к кассе. — Стой, Люсек, ну, что ты, в самом деле! Я так рада тебя видеть!

— Заметила я твою радость, — попробовала освободиться я, но безуспешно, Гелька держала крепко.

— Я серьезно говорю — извини, брякнула, не подумав. Идем, посидим в кафешке за углом.

— Как видишь, я не могу себе позволить! Мне еще в больницу надо к маме.

— О, а что с ней? — с живым интересом откликнулась Ангелина, и меня вдруг прорвало.

Очень трудно носить в себе все, а поделиться не с кем, и Гелька с ее вопросом пришлась очень кстати. Мы оказались-таки в кафе, хотя на меня покосился сперва охранник у входа, а затем и официантка в длинном черном фартуке поверх вишневого форменного костюма. Гелька заказала кофе и какой-то десерт, названия которого я прежде не слышала и даже не запомнила.

— Ну, давай, вываливай, — велела она, достав из сумочки узкую пачку сигарет и зажигалку.

Я говорила около часа, наверное. Гелька не перебивала, только машинально тянулась к пачке и брала очередную сигарету. В тусклом свете круглого светильничка, стоящего на столе, при этом маленькими звездочками вспыхивали камни в ее кольцах, и лучики от них разбегались по скатерти. Я же просто не могла остановиться, рассказывала про папашино бегство и возвращение, про мамину болезнь, про обнаглевших медсестер в отделении, где она лежала, про то, как мне приходится после школы бежать по ученикам, а потом, навестив маму, снова бежать — но уже в детсад на всю ночь. При подобном режиме дня я на самом деле ощущала себя загнанной в большое колесо крысой, которая мечется в бессильном ужасе и никак не найдет возможности выбраться оттуда.

— М-да... — протянула Гелька, когда я, наконец, закончила и перевела дыхание, уставившись на лежащую передо мной кофейную ложечку. — А кофеек-то остыл у нас...

Она небрежно махнула рукой, и тут же рядом с нашим столиком возникла девочка-официантка. Ангелина барским тоном велела заменить напиток и сразу потеряла всякий интерес к происходящему, сосредоточив свое внимание на мне.

— Ты мне скажи, Люсек, — так и собираешься угробляться?

— В смысле?

— Да в прямом — так и будешь тащить на себе это все, даже не пытаясь как-то улучшить свое положение?

Я подняла на приятельницу глаза, вмиг наполнившиеся слезами:

— Геля... а нет выхода у меня... Я же не брошу маму...

— Я не предлагаю тебе бросать маму, ты, бестолочь! — разозлилась почему-то она, подавшись ко мне через стол так резко, что я невольно отпрянула. — Я хочу просто помочь тебе.

— Как?! — выкрикнула я истерично и вскочила. — Как ты можешь мне помочь?! Достанешь волшебную палочку, взмахнешь ею — и мама снова встанет на ноги?! Или превратишь меня в преуспевающую бизнес-леди, а мою халупу в «хрущобе» — в десятикомнатный дворец?!

— Зачем тебе десять комнат? — спокойно поинтересовалась Гелька, стряхнув пепел и рассматривая кончик сигареты, и я вдруг опомнилась — что я несу, господи?

Опустившись обратно на стул, я сняла очки и закрыла лицо руками. Ничтожность и безысходность собственной жизни привели меня в полнейшее отчаяние. Только проговорив все свои проблемы вслух, я отчетливо осознала, что нет выхода, и все, что мне осталось, так это смириться и тянуть лямку дальше с покорностью шахтной лошади — были в старину такие, что вертели всю жизнь огромное колесо, поднимавшее и опускавшее в шахту бадью с углекопами...

Гелька тоже молчала, думала о чем-то, рассеянно глядя поверх моей головы. Не знаю, что за мысли роились в ее голове, но мне это было и неважно. В то, что Гелька может как-то помочь мне, я не верила.

— Короче, так, Люська, — вдруг решительно заявила она, и я вздрогнула. — Сделаем так. Сколько времени тебе нужно, чтобы уволиться с твоей горячо любимой честной работы?

— Что?! — я никак не могла поверить в то, что слышу это своими ушами. — Как это — уволиться? А жить на что?..

— Так, короче, заткнись! — решительно пресекла Ангелина. — Недели на это, я думаю, хватит. За это время мы переведем твою маму в хорошую платную клинику и наймем ей высококвалифицированную сиделку. Потом ты... а, ну да... — она критически оглядела меня и сморщила нос. — Как в таком виде тебя полиция-то не забрала до сих пор, я просто удивляюсь!

Я немного обиделась — ну да, я не Кейт Мосс, и прикид у меня не королевский — но что могу...

— Но и это решаемо, — продолжала Гелька, словно не замечая моего состояния, и в глазах ее появился азарт. — У меня все-таки магазин, там тебя и приоденем.

— Погоди... что значит — приоденем, что вообще происходит? — попыталась вклиниться я, но приятельница только нетерпеливо махнула рукой, как если бы отгоняла назойливую пчелу.

— Потом сразу в салон — прическа, стилист, все такое. Так, все, не сидим, поднимаемся! — скомандовала она, достала из сумочки несколько купюр, небрежно сунула их под свою чашку и схватила меня за руку, вытаскивая из-за стола.

Я настолько растерялась и обалдела от этого напора, что просто не могла сопротивляться и покорно тащилась следом за энергично двигавшейся к выходу Гелькой.

Через полгода я уже и не помнила, как выглядела и как жила до встречи с Ангелиной. Она устроила меня бухгалтером в фирму своего мужа, оказавшегося, к слову сказать, очень приятным толстячком с добродушной улыбкой и мягким взглядом, и я возблагодарила маму, в свое время заставившую меня окончить курсы. Работа оказалась интересная и неожиданно легкая —

все-таки я не дура какая-то, и, освежив знания, смогла быстро во все вникнуть. Мама теперь находилась под постоянным наблюдением Лены — квалифицированной медсестры, чьи услуги я могла оплачивать без всяких затруднений. Кроме того, я вдруг обрела какую-то уверенность в завтрашнем дне и даже расправила плечи, чувствуя, что могу буквально все. Мне нравилось следить за собой, поддерживать в идеальном порядке прическу, макияж и маникюр, покупать новые красивые вещи и навсегда забыть о китайских спортивных брюках с вытянувшимися после первой стирки коленками.

Я решилась на операцию, после которой смогла отказаться от уродовавших меня очков, и первое время не могла привыкнуть к отражению в зеркале, а затем и на вторую — косметическую, подправила нос, губы — словом, преобразилась в лучшую сторону. Это вселило в меня уверенность, которой раньше так не хватало, я чувствовала себя привлекательной, и у меня появились даже поклонники, некоторым из которых я отвечала взаимностью. В общем, Ангелина оказалась не так уж не права, когда говорила, что наличие денег значительно облегчает существование.

И вот в этот момент в моей жизни случился Влад Стрыгин. Он приехал в офис Гелькиного мужа, чтобы договориться о косметическом ремонте в своей клинике — по старой дружбе, так сказать, — и наткнулся на меня в коридоре возле кабинета шефа.

— Люся?! — в голосе у Влада было столько изумления, словно я путем сложных пластических операций вдруг превратилась как минимум в Анджелину Джоли. — Это ты?! Не может быть! Не узнал, ей-богу...

Мне почему-то стало обидно — в школе Стрыгин меня в упор не видел, я для него была просто зубрилка в очочках, непонятно почему всюду следовавшая за его распрекрасной Натальей. И даже то, что я по сей день являюсь едва ли не единственной Наташкиной подругой и довольно часто бываю у них дома, никак не изменило его отношения. Мне порой казалось, что он и имени-то моего не знает, а вот поди ж ты... Стоило прическу сменить, нос перекроить да одежду дорогую напялить — и вот вам.

— Я, — буркнув это, я постаралась проскочить мимо, однако Влад поймал меня за локоть и удержал:

— Слушай, Люсь... А что-то ты к нам не заходишь давно, а? Года два, поди?

О, вот тут из меня просто брызнуло возмущение, прорвавшееся фразой:

— Да что ты? Я была у вас на дне рождения детей, если что. Но ты, как обычно, меня не заметил.

День рождения стрыгинских дочек праздновали три месяца назад, и Влад действительно не узнал меня — вежливо кивнул, и только. Сейчас я с наслаждением наблюдала за тем, как меняется выражение красивого лица Влада.

— Не может быть... — Он был явно смущен. — Слушай... а ты здесь как?

— Работаю я здесь. Бухгалтером.

— Погоди... как бухгалтером? Ты ж вроде в педагогическом училась?

Ох ты, смотрите, ну, надо же! Помнит! А я-то думала, что он совсем меня не замечает. Внезапно я расправила плечи, выпятила вперед грудь и вроде бы стала даже чуть выше ростом. В меня вселился какой-то мелкий бес, озорно нашептывавший на ухо: «Ну, не стой как статуя, скажи ему что-нибудь! Погляди, какой он красавчик! И смотрит на тебя

 с явным интересом — неужели ты не видишь,

как у него глаза заблестели?» Повинуясь этому бесу, я проговорила:

— Училась. Но жизнь-то движется, Владик, нужно успевать как-то. Я ведь девушка свободная, мне все самой приходится.

Я произнесла это совершенно не свойственным мне раньше легкомысленным тоном и сама удивилась — неужели я флиртую со Стрыгиным?! Я?! С ума сойти...

А он, похоже, тоже это понял — улыбнулся, сверкнув идеальными зубами — хоть сейчас в рекламу какого-нибудь «блендамеда»:

— Тогда вот что... может, кофейку после работы? — предложил, глянув на часы. — Посидим, пообщаемся...

Как же мне хотелось завопить: «Да! Да, конечно, я согласна!»... Но...

— Не могу, к сожалению, — тем же легкомысленным тоном отказалась я. — Вечер занят.

Стрыгин недоверчиво посмотрел на меня и растянул губы в ехидной улыбке:

— Да ну? И чем же?

— А вот это уже не твое дело, Владик, — отрезала я, стараясь скрыть досаду по поводу того, как быстро он меня раскусил, и спешно ретировалась к себе в кабинет.

Там, прислонившись к запертой на ключ двери, я почувствовала, как дрожат коленки от напряжения. Господи, ну почему, почему человеком, пригласившим меня на чашку кофе, оказался именно муж моей подруги?! Неужели нет никого, кто мог бы меня заметить и оценить по достоинству? Ведь я уже совсем другая!

Однако Влад не прекратил своих попыток обратить на себя мое внимание. Он, как оказалось, ничем не отличался от остальных представителей мужской породы — стоило ему напороться на отказ, как кровь взыграла — мол, как так? Кому, мне, мне — великолепному?! Снести подобного Стрыгин не смог. Он начал настоящую охоту со всем, что к ней прилагается, — цветами, письмами по электронке, эсэмэсками и просто как бы случайными визитами в контору под предлогом своего ремонта. Ну, кто устоял бы? Вот и я не устояла...

Мы стали встречаться сперва осторожно, раз-другой в неделю, чтобы не вызывать подозрений у Натальи, но вскоре совсем обнаглели. Я знала, что именно сейчас Наталья переживает бурный и страстный роман с актером нашего местного театра, который не так давно делал в их клинике пластику носа, а потому совершенно не замечает, во сколько возвращается домой ее супруг. Нам это было только на руку.

Я старалась устроить все так, чтобы Владу каждая встреча со мной казалась подарком, праздником. Мне хотелось быть для него кем-то особенным, а не просто очередной любовницей, от которой он спешит к своей такой же неверной, как и он сам, Наталье. Во многом помогала, как ни странно, Ангелина, с чего-то вдруг решившая принимать живое участие в устройстве моей личной жизни. Она иногда разрешала нам пользоваться своим загородным домом или второй квартирой, купленной «на черный день», обставленной дорогой мебелью и бытовой техникой, но сейчас пустовавшей. Влад никогда не интересовался, кому принадлежат эти апартаменты, какая подруга одалживает мне ключи — ему было абсолютно все равно, главное, что там чисто, уютно и — самое основное — ему, Владу, не приходится ничего искать самому. Я же была так глупо влюблена и ослеплена его присутствием, что не обращала внимания на такие мелочи. Влад никогда не забывал привезти цветы, иногда баловал меня конфетами или дорогими духами — словом, играл по правилам.

Однако со временем я стала замечать, что он постепенно охладевает ко мне. Влад уже не так бурно выражал свои восторги, не так регулярно и часто, как прежде, звонил мне. Наши встречи из праздника превращались в рутинный секс — встретились, потискались и разбежались. Меня это удручало...

И только Ангелина, бывшая в курсе, поддерживала меня.

— Да брось ты, Люсь, не придумывай. Я же вижу — нравишься ты ему. Он, может, в тебе разглядел то, что со школы еще не замечал, — говорила она, когда я в слезах приезжала к ней в магазин и подолгу сидела в ее уютном кабинете, запивая обиду на Влада коньяком и кофе. — Пойдем лучше, я тебе покажу новую коллекцию юбок — закачаешься, как раз на тебя! — и Ангелина тащила меня в зал, хватала с вешалок какие-то тряпки и волокла все в примерочную, а там увлеченно переодевала меня во все это и одобрительно хмыкала, заставляя меня тоже улыбаться сквозь слезы.

После таких поездок и разговоров мне вновь начинало казаться, что все в порядке.

Однажды Влад, расслабленно отдыхая после занятий любовью, вдруг впился взглядом в фотографию на стене — маленький мальчик на фоне какого-то деревенского дома, вполне невинная картинка из тех, что продаются вместе с рамками.

— Ты что? — удивилась я, рассеянно перебирая его пальцы.

— Кто это, не знаешь? — Он кивнул на рамку, и я рассмеялась:

— Да ты что? Это же штамповка, такие вкладыши всегда в рамках бывают — где-то животные, где-то девушки красивые, а где-то вот такие ребятишки.

Влад почему-то ощутимо расслабился, выдохнул и проговорил с каким-то странным облегчением:

— Надо же, не знал... Мы вообще на стены никаких картинок не вешаем, Наташа не любит этого, считает мещанством. Но, похоже, у твоей подруги вкус менее изысканный.

Мне стало почему-то обидно за Ангелину — ну да, не всем даны такие таланты, как Наташке. Возможно, в Гелькиной спальне было слишком много розового, слишком вычурные шторы с золотыми кистями, излишне «державная» мебель с позолотой — но, в конце концов, именно Ангелина предоставляла нам возможность быть вместе.

— Хорошо, что у меня вообще есть такая подруга, пусть и не с изысканным вкусом, — с обидой проговорила я, садясь в постели. — Иначе нам приходилось бы встречаться в машине.

Влад не был глуп и намек понял.

— Люсенька, я не хотел задеть твою подругу, — примирительно проговорил он, целуя меня в плечо. — Это очень хорошо, что она дает тебе ключи, я ей благодарен за возможность видеть тебя такой... красивой... желанной... — голос Влада стал глуше, поцелуи — чаще, и вскоре мы уже совершенно забыли о неприятном разговоре.

К этой картинке я неожиданно вернулась в разговоре с Ангелиной. Не знаю, по какой причине, но буквально через три дня, когда мы пили кофе в ее офисе, я вдруг спросила:

— Гель, а почему ты в спальне в рамку не вставишь какую-нибудь фотографию? У тебя ведь много красивых снимков из разных путешествий.

Ангелина почему-то разозлилась, покраснела, как будто я застала ее за чем-то неприличным, и процедила:

— Не твое дело, ясно? И вообще — ты туда зачем ходишь, по сторонам башкой вертеть? Или Владик не настолько хорош в постели, что у тебя есть время стенки да картинки рассматривать?

Я обиделась и умолкла, сосредоточилась на допивании кофе. В самом деле — что я вцепилась в эту рамку, какое мне дело, что там в ней, какая картинка?

С какого-то момента Стрыгин вдруг начал избегать меня. Мог отменить свидание, сославшись на усталость или просто желание полежать дома на диване — как будто я не работала и не уставала. Мог не позвонить и не проявляться дня два-три. Отчуждение все нарастало, я никак не могла понять причины, чтобы как-то все исправить.

Сколько раз я пыталась поговорить с Владом об этом, но он только отшучивался, заявляя, что жениться на мне и сразу-то не предлагал, а уж теперь...

И в конце концов однажды он просто не приехал в назначенное время. Я прождала его весь вечер — мама как раз была с сиделкой Леной в санатории, и мы могли спокойно встречаться в моей квартире, где я успела сделать хороший и недешевый ремонт. Всю ночь я проревела за накрытым столом, чувствуя себя последней дурой.

В слезах наутро я кинулась к Ангелине — а к кому еще. Она выслушала мои сбивчивые рыдания и жалобы, периодически протягивая очередной бумажный платок, выкурила пару сигарет и вдруг улыбнулась.

— Не расстраивайся, Люсек. Он еще пожалеет.

Это меня мало утешило, и я прорыдала уже дома до самого вечера, то и дело посматривая на упрямо молчавший телефон.

Влад так и не позвонил...

А потом случился этот клятый вечер встречи выпускников...

Я до сих пор не могла понять, откуда мог взяться пистолет в сумке, которую я не выпускала из поля зрения практически ни на секунду. В жизни никогда не держала оружия в руках, понятия не имею, как им пользуются, куда там вставляется патрон —

или как это правильно-то сказать? Какая из меня убийца — с такими познаниями?

Утром меня вызвали к следователю. Сказать честно, я вообще ничего не соображала, будучи абсолютно разбита и морально уничтожена событиями прошлого вечера, арестом и бессонной ночью в камере наедине с воспоминаниями.

Следователь оказался молодой, с нахальным взглядом и твердой уверенностью в моей виновности. За полчаса он смог запутать меня вопросами так, что я под конец уже сама сомневалась — а вдруг на самом деле застрелила Влада?

Ужаснее всего было другое — реакция мамы. Приехать ко мне сама она, понятное дело, не могла, а потому отправила Лену, и та по телефону через стекло в комнате свиданий в красках рассказала мне о том, как маму едва не хватил удар. В квартире был обыск, но ничего компрометирующего не нашли.

— Лена, позвоните, пожалуйста, Ангелине Васильевне, — твердила я, цепляясь за Гельку как за последнюю возможность спастись. — Позвоните ей, пусть она приедет...

— А она приезжала сегодня утром, — огорошила меня Лена. — Привезла вашу зарплату, но мы не открывали конверт. И сказала, что уезжает в Америку — мол, это давно решено.

Я лишилась дара речи... Гелька ни словом ни разу не обмолвилась о том, что уезжает... Последняя надежда рухнула.

Я плохо помнила потом следствие и суд. Меня признали виновной в предумышленном убийстве и осудили на восемь лет.

С этого момента все слилось в один сплошной бесконечный серый день. СИЗО, этап, женская зона под Саранском, бараки, утренняя поверка, завтрак, швейный цех, обед, снова цех, ужин, немного свободного времени, которое я заполняла чтением. Ничего нового, каждый следующий день похож на предыдущий как брат-близнец. Мама присылала посылки, но приехать на свидание не могла — куда ей, в инвалидном-то кресле...

Вышла я через четыре года по УДО — условно-досрочному за примерное поведение. Вышла — и растерялась. Куда идти, что делать? Мама к этому времени умерла, и я осталась абсолютно одна. Нужно было начинать жизнь заново, как-то устраиваться, что-то делать, на что-то жить.

Хорошо еще, что квартира была, хотя бы с жильем не возникало проблем. Около месяца я приходила в себя, отлеживалась, привыкала к жизни без утренних поверок, конвоя и вышек с колючей проволокой, без ежедневного хождения в огромный швейный цех, где стрекотало множество машинок, напоминая стаю взбесившихся кузнечиков. Не было лежащих вокруг куч брезентовых рукавиц, форменных камуфляжных курток и брюк... Зато было одиночество и страшная, давящая пустота — как будто я осталась одна во всем мире. Я пробовала позвонить Наталье, но та отказалась разговаривать, велев навсегда забыть ее номер телефона и адрес. Ну, что ж...

Я устроилась работать в кафе официанткой, и то с большим трудом — с судимостью брали неохотно. Старалась работать без нареканий, не брала чаевых и всегда отказывалась от своей доли из «общего котла» — так называли все чаевые за смену, которые потом делились поровну на всех. Девчонки считали меня «блаженной» и сторонились — ну а как иначе, ведь я была намного старше их всех, к тому же — судима за убийство. И вот однажды...

Я, как всегда, металась между столов, наводя порядок — близилось время ланча. То тут поправить скатерть, то там разложить столовые приборы, заменить солонку, добавить салфеток, передвинуть пепельницу... И вдруг... Впервые я разбила что-то за время работы — стеклянная пепельница выпала из рук и разлетелась на осколки. За столиком у окна сидела Ангелина. Она подурнела, лоск куда-то исчез, но взгляд был по-прежнему ее — прямой, дерзкий, даже хамоватый.

— Что смотришь, не признала? — хмыкнула Ангелина, придавив бычок в пепельнице. — Да-а, не на пользу тебе пошел тамошний климат, ишь, бледная какая.

— Я не на курорте была, — буркнула я, не трогаясь с места.

Меня вдруг захлестнула обида и злость на Гельку. Подруга, называется — бросила меня в таком дерьме и умотала в Америку, даже не удосужилась узнать, что со мной вообще! И теперь является сюда как ни в чем не бывало и позволяет себе комментировать мой цвет лица! А Гелька как-то неопределенно хмыкнула:

— Да уж... Ну, как ты?

— Как я? А ты как думаешь? Я отсидела за то, чего не совершала, а мне никто не верит. И ты не веришь — раз смоталась в Америку и даже не приехала перед этим ко мне, — в моем голосе было столько упрека и отчаяния, что Ангелина опустила голову.

— А может, как раз я-то и знаю лучше других, что ты этого не делала? — тихо произнесла она, не глядя на меня, и я благодарно посмотрела на нее:

— Конечно. Ты ведь моя подруга. Но твой отъезд так сильно меня подкосил... Я очень надеялась, что ты поможешь мне хоть чем-то, хотя бы адвоката посоветуешь — я ведь совершенно одна, мама не в состоянии была этим заниматься. Так и умерла, бедная, в одиночестве, не дождалась...

Гелька переменила позу, закинула ногу на ногу и подняла на меня глаза:

— А ведь я приехала сюда специально.

— Из Америки? Чтобы меня повидать? Как узнала-то, что я освободилась? — не поверила я.

— Узнала вот, — уклонилась от прямого ответа она.

— Гель... Я ведь понимаю — если бы не отъезд, ты помогла бы мне...

— Да не помогла бы я тебе! — рявкнула вдруг Ангелина, ударив кулаком по столу так, что бармен Илья вышел из-за стойки и направился было к нам, но я жестом дала понять, что все в порядке, и он повернул обратно. — Не помогла — как ты не понимаешь?! Неужели ты такая наивная дура, Люська, что веришь в то, что мы с тобой действительно дружили?! Да на фиг бы ты мне сдалась?! И сюда-то я просто так забрела — не знала, что ты тут работаешь! Ишь — «из Америки — чтобы меня повидать!» — передразнила она. — Дел нету других — с тобой «видаться»!

Я опешила. Что значит — «на фиг сдалась», когда Ангелина столько времени возилась со мной, с моим трудоустройством, с моим романом со Стрыгиным? Ведь она была единственной, кто знал об этом, кто помогал мне, кто выслушивал и советовал что-то.

— Неужели ты так и не поняла, что это я — я, понимаешь, — убила его?! Я — а обставила все так, что подумали на тебя! Ладно уж — скажу, раз выпало встретиться, хоть будешь знать, что почем было!

Мне показалось, что я получила удар в солнечное сплетение и не могу разогнуться от боли, мне нечем дышать, я вот-вот упаду в обморок от этого внезапного ужаса. Я смотрела на Гельку и ждала, когда та рассмеется и скажет, что пошутила, но та и не думала говорить этого, а все добивала меня словами:

— Я его всю жизнь ненавидела, всю свою жизнь — после выпускного! Ты думаешь, что он идеальный? Да не тут-то было! Он бабник и трус, дерьмо собачье! И всегда таким был! Красавчик — все бабы вешались, даже ты вон не устояла! Ну так и я не устояла — на первом курсе! Попали в одну компанию, и вдруг что-то вспыхнуло — стали встречаться. У него как раз с Наташкой что-то разладилось, ну вот и... А потом я поняла, что беременна, — выпалила Гелька, задохнувшись от собственного крика. — Беременна — понимаешь?! Побежала к нему... Господи, как вспомню... снег мокрый валит, скользко, а я на каблуках бегу от остановки к его дому, а там под горку все время, того и гляди упадешь — и вдребезги. Бегу, плачу, в душе страх такой, что хоть вешайся — что делать-то? Мать же пришибла бы... Поднимаюсь к нему на пятый этаж, дышу, как паровоз, он открывает — рожа недовольная, в комнате музыка играет, а на вешалке Наташкино пальто висит — помнишь, у нее было такое светлое, финское? Ну, вот... И он мне говорит так раздраженно — мол, что хотела сказать, говори, а то я занят. Мне как будто кипятка в лицо плеснули, я заблеяла — мол, Владик, что делать, я ребенка жду, а он — ну и я при чем здесь?

Гелька замолчала, закрыла глаза и тяжело задышала, как после забега на длинную дистанцию. Я в шоке не могла поверить в то, что она говорит, в моей голове не укладывались ее слова, а в душе все будто умерло. Я осторожно опустилась на стул и случайно наступила на осколок пепельницы, он звонко хрустнул, заставив Гельку вздрогнуть и открыть глаза.

— Ты представляешь, Люська, что значили для меня его слова? Ты можешь понять, что я испытала? Он меня предал — так предал, что я растерялась. Он меня убил этим — я ведь ему верила, думала, что он хоть как-то поддержит, что-то скажет — мол, не переживай, разберемся. У него ведь мать — гинеколог, а он... Он просто открестился от меня.

Я не знала, что сказать. Все это было так ужасно и так больно, что я даже на миг забыла о самой первой фразе, сказанной Гелькой. О том, что это она убила Влада.

— Вот ты рыдала тогда, когда он тебя бросил, — помнишь? Так ты была взрослая, самостоятельная — а я? Мне было восемнадцать лет, у меня такая мамаша, что врагу не пожелаешь, я домой боялась идти... А Стрыгин меня отпихнул, как подзаборную дворнягу, — сама разбирайся, я ни при чем тут. Вытолкал за дверь и спокойно вернулся к своей Наташке.

Она снова замолчала. В стекло отчаянно билась огромная муха, создавая столько шума, что мне казалось, будто я сейчас оглохну от этого.

— И... что было потом? — с трудом вывернула я.

— Потом... а потом я наглоталась таблеток и чуть на тот свет не отправилась, — почти спокойно ответила Гелька. — Но мать рано с работы пришла, вызвала бригаду. Ей потом в больнице сказали, что я беременна. Но она, видно, так испугалась, что даже не стала орать на меня, когда пришла. Только все допытывалась, кто отец, но я промолчала. Аборт оказалось нельзя делать — у меня с кровью что-то. В общем, так родился мой Коляня. Но от таблеток этих проклятых там что-то не так пошло, и родился он глухим и слепым, вот так вот, — Гелька вдруг всхлипнула, уронила голову на сложенные на столе руки и расплакалась.

У меня отчаянно колотилось сердце, готовое пробить грудную клетку и вырваться вон. Я облизала пересохшие губы и потянулась к большой бутылке минеральной воды. Жадно выпив стакан, я снова налила воду и поднесла рыдающей Ангелине. Та ухватила стакан двумя руками и, цокая зубами, стала пить.

— Люська-Люська, я ведь только тебе об этом рассказываю, никто не знает, даже муж... Коляню мама воспитывала, уехала с ним в деревню, от соседских глаз подальше. А я вышла замуж, начала ей деньгами помогать и все тряслась — как бы Иван не узнал, как бы не спросил, зачем это я к маме каждую неделю в деревню мотаюсь, да со мной не увязался. А Коляне лекарства нужны, слуховой аппарат, врачи-реабилитологи, его ж нужно было учить разговаривать, а это только специалисты могут... И еще я постоянно опасалась, что Иван вдруг захочет детей. Но ему, к счастью, это не нужно было, у него и так трое по разным городам, настрогал, как папа Карло, всем помогает. А потом я наткнулась на Стрыгина. И этот гад повел себя так, словно ничего не случилось. Не спросил, не поинтересовался... А сразу к делу — мол, Гелька, а сведи меня с мужем, он же строитель, пусть поможет мне с клиникой. Представляешь, какой циник? Весь холеный, лоснящийся, при деньгах, при жене, при детях! А мне всю жизнь угробил, я настоящей истеричкой стала от этого бесконечного вранья и переживаний за Коляню, — Гелька нервно прикусила нижнюю губу и замолчала. Ее глаза выдавали то, что творилось в этот момент в ее душе — она ненавидела Влада сильнее, чем когда бы то ни было, потому что воспоминания о нем снова заставляли ее переживать неприятные моменты.

— И... что же ты? — тихо спросила я, потому что в ее молчании мне чудилось столько боли, что я боялась, как бы Гелька не свихнулась от нее.

— А что — я? Я их познакомила с Иваном. Ты только подумай, каково мне было видеть его рожу? Иван ведь его домой приглашал, обсуждать дела в неформальной обстановке! — криво усмехнулась Гелька.

— И ты что же — не могла сказать, что не хочешь этого? — глупо переспросила я.

— Да? А на каком, простите, основании? Сама привела в контору — и теперь видеть не могу? Не-ет, я терпела, улыбалась, делала вид, что мне до смерти интересно, как он живет со своей Наташкой, как у него дети растут. Он их балует, души в них не чает — а наш с ним сын, о котором этот урод даже не знает, живет в деревне с бабушкой, не слышит, не видит! — Гелька всхлипнула, борясь с подступившими слезами.

Я не покривлю душой, если скажу, что в тот момент я совершенно забыла о том, что отсидела четыре года по ее вине. Мне на самом деле отчаянно жаль было Ангелину и ее больного мальчика, а еще — подкатила тошнота от того, каким мерзавцем оказался Стрыгин, сумевший легко перешагнуть через еще не родившегося ребенка и даже не поинтересоваться спустя годы его судьбой.

Ангелина перестала всхлипывать, закурила.

— Знаешь, Люська, я сейчас очень жалею, что так с тобой обошлась. Если бы можно было отмотать назад, я бы иначе все устроила. Но ты такая всегда была правильная, такая непогрешимая... и мне стало обидно. Ты вроде бы и жила хуже меня, и денег не было, и мать больная — а все-таки было в тебе что-то такое... спокойствие какое-то, что ли. И потом — Стрыгин тебе всегда нравился, ты мне об этом в школе все уши прожужжала. Вот я и решила... И встречу в офисе Ивана я подстроила, не должен был Стрыгин в тот день там оказаться. И квартиру свою я тебе поэтому одалживала — чтобы в курсе быть. С фотографией вот только прокололась, забыла совсем. Когда ты рассказала про то, как Стрыгин в нее впился, я аж помертвела — ну, думаю, а вдруг что-то заподозрил? Он ведь однажды у меня спрашивал, чем, мол, дело с беременностью кончилось. Я его послала, конечно, а тут вдруг об этом вспомнила и испугалась. Я не хотела, чтобы он знал. Коляня — мой. Это мой крест. В общем, я наказана на всю жизнь — потому что кому он нужен-то без меня? — она снова вздохнула. — Ну, а там, на вечере, я подкараулила момент, когда Стрыгин покурить на крыльцо вышел, пошла следом и застрелила его. Он так и умер, не узнав о Коляне. У моего сына нет отца — лучше никакого, чем предатель. Я ведь сюда вернулась за ним и за мамой, Ивану честно все рассказала, он и велел приехать и забрать. В Америке можно жить спокойно, имея больного ребенка, там никто пальцем не тычет, как у нас.

— А я думала, ты мне подруга, — горько призналась я, чем вызвала презрительную усмешку:

— Да? А зачем ты мне нужна была, нищебродка? Я столько сил и денег на тебя ухлопала, чтобы в нормальный вид привести. На тебя ж не то что Стрыгин — бомж вокзальный бы не клюнул, когда мы встретились. Ты нужна мне была только для того, чтобы со Стрыгиным свести счеты. Я просто не знала, что потом мне будет так тяжело жить с этим. Оказывается, про совесть не врут — она есть, и она так мучает. Но ненависть, с которой живешь многие годы, мучает еще сильнее. Я мечтала Стрыгину отомстить — и отомстила. А что ты под раздачу попала — ну, так ведь кто-то должен был... Согласись — я удачно все сделала?

Вот тут я и сорвалась, перестав жалеть Ангелину. Меня использовали и выкинули за ненадобностью! Ярость ослепила меня, и я, не понимая, что делаю, вскочила и вцепилась Ангелине в горло. От неожиданности та растерялась, хотя была крупнее и сильнее меня, и упала на пол, увлекая и меня за собой. Если бы на звук полетевших со стола вслед за стянутой скатертью тарелок и чашек не подбежали метрдотель, охранник и швейцар, я вполне могла бы получить новый срок — Ангелина хрипела и закатывала глаза, хватая воздух ртом.

— Сдурела?! — рявкнул швейцар, встряхивая меня за воротник платья. — Снова в тюрягу захотела?!

— Пусти! — отбивалась я. — Это она... из-за нее я... из-за нее! Четыре года... четыре! А мама в одиночестве умерла... Это же она убила Влада — она! И пистолет — ее! Я вспомнила теперь, вспомнила — у нее моя сумка была, когда я в туалет выходила! У нее!

Охранник меж тем крепко держал брыкающуюся Ангелину за локоть, а второй рукой набирал номер.

— Не имеете права! — бесновалась Ангелина, стараясь вырваться из цепких пальцев бывшего спецназовца. — Я вообще подданная США!

— А нам без разницы, — меланхолично отозвался охранник. — Устроили дебош в кафе, на официантку с кулаками напали...

Больше я ничего не слышала — в голове стало как-то пусто, а свет вообще исчез.

Очнувшись в больничной палате, я с трудом разлепила тяжелые веки и кое-как села. Никого — я одна. Буквально через несколько минут заглянула медсестра, увидела, что я сижу, и тут же исчезла, а вместо нее спустя какое-то время появился следователь. После стандартной и хорошо мне знакомой процедуры допроса он вздохнул и, убирая листы протокола в папку, сказал:

– Ну, устроили вы тут Санта-Барбару, девки. Первый раз такое вижу. Повезло вам, Макеева, — судимость снимут теперь, дело на пересмотр — получит подруга все, что заслужила, да плюс довесят еще за клевету.

Конечно, я была рада это услышать. Но где-то глубоко внутри я по-прежнему жалела несчастную, запутавшуюся Ангелину и ее больного мальчика Колю. Конечно, то, как она обошлась со мной, не имело никаких оправданий. Но и то, что сделал Влад Стрыгин... Да, он не заслужил смерти — но заслужила ли Ангелина то, через что ей пришлось пройти? А я? Разве я заслужила эти четыре года лишения свободы за то, что просто волей судьбы оказалась тогда в супермаркете, где встретила Ангелину? Но разве мне могло прийти в голову, что моя одноклассница будет использовать меня как слепое орудие мести в своей вендетте со Стрыгиным? Я просто отчаянно хотела выбраться из беспросветной нищеты. За все нужно заплатить, как оказалось.

И мы заплатили — Влад, Ангелина и я.

Но я могу начать жить сначала. А вот Ангелина... На какую жизнь она обрекла своего больного сына? Как теперь будет справляться со всем ее уже немолодая мать? Цена одной юношеской ошибки оказалась слишком велика.

И вот тут я неожиданно поняла, что уже совершенно не держу зла на Гельку.

А еще я теперь твердо знала, что мне делать...

Эпилог

Пожилая женщина заботливо поправила шарф на шее худенького высокого подростка лет шестнадцати, крепко ухватившегося за ограду полисадника:

— Холодно, Коленька, — она чуть наклонилась к уху мальчика, на котором располагался слуховой аппарат. — Может, дома подождем?

Но он только мотнул головой и уставился прозрачными невидящими глазами в сторону автобусной остановки, откуда приближалась невысокая светловолосая женщина с большой сумкой. Заметив мальчика, она подняла было руку для приветствия, но потом, вспомнив, опустила ее и ускорила шаг.

Буднично поздоровавшись с бабушкой, она нагнулась к уху мальчика:

— Здравствуй, Коленька. Это тетя Люся.

ДАРЬЯ КАЛИНИНА

• ЖЕНИХ В НАГРУЗКУ •

Свадьба у Наташки намечалась пышная. Родители постарались. Раз уж их дочери удалось отхватить хорошего жениха, так и они со своей стороны не должны ударить в грязь лицом. Поэтому был заказан ресторан, несколько лимузинов и сотня белых голубей. Шампанское и прочие напитки закупались целыми багажниками, чтобы и перед гостями было бы не стыдно, и потом вспомнить приятно.

— Молодец, доченька! Умница! Не засиделась в девках. Оно и правильно, хороших парней еще в детстве щенками разбирают.

Жених Дима лишь скромно улыбался. Был он парнем стеснительным и тихим. Хоть из себя и не красавец, но зато квартиру имел, и с работой у него был полный порядок, благо папа его владел сетью автосервисов, в одном из которых Дима и работал сейчас мастером. Пока мастером, это понимали все вокруг, потому что других наследников у папы не имелось, Дима был единственным сыном в семье очень даже богатеньких родителей.

Семья Наташи большими доходами похвастаться не могла, но они назанимали всюду, где возможно. От дочери требовалось лишь озвучить список своих подруг, которых она хотела бы видеть на празднике. Наташа честно перечислила всех.

— Машу забыла, — предупредила ее мама.

— Нет, не забыла, — отрезала дочь.

— Что же, не позовешь свою лучшую подругу?

— Нет!

Родители с недоумением переглянулись.

— Поссорились?

— Нет, не поссорились.

— Тогда почему?

— Не хочу, и все!

Спорить со счастливой невестой и настаивать на своем родители не стали. В самом деле, кто такая им эта Маша, чтобы из-за нее расстраивать родную кровинушку? Да еще в такой важный для нее этап жизни! Родители у Наташи придерживались старомодных взглядов и считали, что главное для каждой девушки — это удачно выйти замуж. Образование, карьера — все это вторично и только для тех неудачниц, которым не повезло в этой жизни найти себе крепкую шею, чтобы раз и навсегда устроиться на ней удобно и с комфортом. Их дочери повезло, значит, надо сделать все от них зависящее, чтобы торжество запало в памяти у всех собравшихся.

Потом была покупка платья и прочего, что полагается. Множество сопутствующих всякой свадьбе хлопот. За всем этим исчезновение лучшей подруги с горизонта както забылось. И про Машу снова вспомнили лишь на самой свадьбе. И вспомнил не кто иной, как сам жених.

Оглядев гостей и не обнаружив среди них той, которая всегда и всюду сопровождала его молодую невесту прежде, он очень удивился:

— А где же твоя любимая подружка?

— Не смогла прийти.

— А что с ней? Заболела?

— Дела у нее.

Дима пожелал узнать, что за дела такие неотложные, но Наташа внезапно вспылила:

— Тебе что за дело до Машки? Что ты все Маша да Маша? Может быть, я ревную тебя к ней! Может быть, мне неприятно видеть, как ты на нее смотришь!

И весь остаток свадебного торжества Диме пришлось потратить на то, чтобы убедить невесту в том, что он и не думал смотреть ни на кого, кроме нее, любимой. Потрудиться ему пришлось изрядно, так что про Машу он больше не упоминал очень долго. Ровно до того момента, пока не столкнулся с ней нос к носу возле женской консультации, куда полгода спустя после свадьбы привез свою уже изрядно пузатую женушку на плановый осмотр.

— Машка! Ты ли это?

Маша ему тоже обрадовалась.

— Как дела? — спросил Дима. — Чего к нам не заходишь?

И улыбка на лице Маши внезапно погасла.

— У жены своей спроси, хотя вряд ли правду в ответ услышишь, — резко бросила она и ушла.

Дима дождался Наташу и сообщил ей о неожиданной встрече. При этом он сразу заметил, как помрачнела его жена.

— Что между вами случилось?

— Ничего.

— Она сказала, что ты что-то от меня скрываешь?

Наташа внезапно побледнела и прижала руку к животу.

— Ой!

— Что с тобой? — бросился к ней Дима.

— Ребенок! Больно!

Из консультации Наташу отвезли в больницу, где она пролежала на сохранении почти весь срок своей беременности. Родители ее собственные и родители Димы прыгали вокруг нее, словно заводные собачки. Каждое желание беременной исполнялась. Диме вменили в обязанность каждый день навещать любимую женушку, чтобы Наташа не чувствовала себя покинутой и одинокой.

Но все когда-нибудь заканчивается, родился у Наташи малыш. Назвали его Мишей, как хотели родители Димы. Сама Наташа против этого имени сначала возражала, но затем смирилась, потому что тут родители мужа проявили твердость.

— У нас в роду все мужчины либо Дмитрии, либо Михаилы. Так что прости, дочка, но будет так, как мы сказали.

Наташе в качестве компенсации подарили путевку в Египет, чтобы она отдохнула и восстановила силы, а ребенком занялись бабушки. После возвращения Наташа почувствовала себя вновь неважно, сказывалась тяжелая беременность, здоровье ее все никак не улучшалось, в организме у нее начался просто какой-то гормональный шторм. Наташа сильно прибавила в весе, все время была раздражена или плакала. И упоминание родителей о том, что в роддоме они встретили Машу, которая навещала там какую-то знакомую, неожиданно вызвало у Наташи бурную истерику.

— Никогда даже не упоминайте при мне ее имя! Никогда не говорите о ней! И вот еще... Моего сына зовут Майкл, никакого Мишки тут никогда не будет, запомните это!

Видя, что с дочкой творится что-то совсем неладное, родители отправили ее лечиться в санаторий, потом еще в один и еще. Но ничего не помогало, состояние Наташи становилось все хуже, и все тяжелей приходилось с ней ее близким.

Но после первого года жизни Майкла — Михаила состояние Наташи улучшилось настолько, что ее родные почти забыли о том кошмаре и стали поговаривать о том, что один ребенок в семье — это хорошо, но двое гораздо лучше. Наташа решительно протестовала, ее родители настаивали, Наташка вновь начала психовать, в семье назревала новая драма, но тут на сторону Наташи неожиданно встал Дима и его родители.

— Наташенька и так расстаралась, родила нам нашего внучка. Не нужно заставлять девочку, хватит и одного ребеночка.

Так прошло еще два года, а потом случилась трагедия. Сначала похитили маленького Майкла, а вслед за ним исчезла и сама Наташа. Родители были в шоке. Молодой отец тоже. Он сам не понимал, как это все произошло, а у него еще допытывались о подробностях. В полиции к их заявлению отнеслись, мягко говоря, снисходительно.

— Получается, мать исчезла одновременно с ребенком?

— Наташа с мальчиком гуляли на детской площадке, — объяснял Дима. — Потом она позвонила, была очень испугана, кричала, что Майкл пропал, она нигде его не видит. Я лишь успел спросить, на какой именно площадке это случилось, и связь с женой прервалась. Я пытался перезвонить, но безуспешно. Конечно, я сразу же поехал в это место, но там уже не было ни Наташи, ни Майкла. Пробовал расспрашивать бабок, которые сидели на этой площадке, но они сказали, что сами только что подошли и никаких мамочек с детками не видели.

— Возможно, она нашла мальчика и куда-то с ним уехала?

— Но почему не отвечает на звонки?

— Телефон разрядился.

— Что за глупости! Она прекрасно понимала, что я должен был чувствовать после ее звонка. Если бы она куда-то и поехала, найдя сына, только домой.

Но в полиции считали иначе.

— Мало ли что женщине в голову могло прийти. Она могла так обрадоваться тому, что нашла ребенка, что помчалась накупать ему сладости или игрушки. Или повела его развлекаться куда-нибудь в детскую игровую зону. Да мало ли, куда могла направиться мать с ребенком. Выбросьте из головы, к вечеру вернется.

Но ни к вечеру, ни к ночи Наташа не вернулась. Не появилась она и утром.

Дима был в отчаянии. Его родители тоже. Про родителей Наташи и говорить не приходилось. Но как ни странно, именно они нашли выход из создавшегося положения.

— Если не могут помочь официальные власти, помогут дилетанты.

— Кто?

— Неправильно выразился: любители частного сыска. Только им придется заплатить, а берут они немало.

Диме и его родителям было уже все равно, они были в таком отчаянии, что согласились бы на любое предложение, которое позволило бы им вернуть одному любимую жену и сына, а другим внука с невесткой.

— Заплатим любые деньги. Звоните этим дилетантам частного сыска.

Сыщиком оказался сосед, совсем молоденький юноша, с которым родители Наташи имели предварительный откровенный разговор.

— Ты уж, мил-дружок Сашенька, сделай такое одолжение, помоги нам по-соседски.

— А что конкретно нужно? Дочь вашу найти? Так я розыском пропавших людей никогда не занимался. Не уверен, что смогу.

— Главное, ты вид сделай, что ищешь ее, изобрази перед сватами бурную деятельность. А когда Наташка вернется, ты вроде как ее найдешь. Алиби ей перед мужем предоставишь.

— Какое алиби?

— Не дай дурехе свою счастливую семью разрушить! Полюбовник у Наташки есть, к нему она, думается нам, и умотала. Но Дима про это знать не должен. А уж его родители и подавно!

Саша был в растерянности. С одной стороны, ему совсем не улыбалось покрывать обманщицу, а с другой... Муж... ребенок... Если правда выйдет наружу, то муж вряд ли сможет простить жену. Может дело и до развода дойти.

— А так мы Наташку по возвращении своими силами вразумим.

— Отец уже и ремень потолще купил.

— Уж мы ей так всыплем, что она про гулянки на стороне и думать забудет!

— Стесняюсь спросить, а почему вы раньше мер не принимали, если знали об измене вашей дочери?

— Так ведь не думали же, что мерзавка на крайность решится и к любовнику от законного мужа удерет!

— И ладно бы человек был, а то голодранец!

— Значит, вы его знаете? Может, подскажете, где мне искать вашу дочь?

Но родители объяснили, ни адреса, ни имени, ни других ориентиров они на любовника своей дочери не имеют. А что кавалер у нее голодранец, они поняли из того простого факта, что у Наташки, которая прежде никогда не донимала родителей подобными просьбами, теперь вдруг все время не хватало денег.

— Ясно, что этот красавец из дочери финансы тянул.

— Сделай такую милость, верни жену мужу, а сына отцу! И главное, чтобы деньги из семьи не уплывали!

Саша пообещал сделать все, что в его силах, хотя про себя сильно сомневался в жизнеспособности подобной ячейки общества. Если уж супруга пошла налево, то вряд ли остановится. И зачем Диме такая жена? Пусть уж лучше красавица идет дорогой большой любви. Но рассуждать со стороны — это легко, а как бы оно было, окажись сам Саша на месте Димы? Возможно, любя сына, он бы все равно согласился сохранить семью хотя бы на какое-то время. Лет так семнадцать-восемнадцать вполне можно протянуть. Как раз до того момента, когда Майкл станет взрослым и родители ему будут уже не столь важны.

— Ради ребенка надо постараться.

И Саша принялся за дело. В первую очередь он отправился на ту самую площадку, с которой исчезли мать и дитя. Время он постарался подгадать то самое, когда на площадке гуляли Наташа с сыном. У Саши была двоюродная сестра с ребенком, и с ее слов он знал, как важен для ребенка распорядок дня. Любая мать старается кормить и укладывать спать всегда примерно в одно и то же время. Отсюда и время прогулок изо дня в день у них совпадает.

Сыщику повезло, на площадке играло сразу несколько детишек. Мамашки скучали неподалеку и с радостью отозвались на предложение Саши поговорить.

— Конечно, мы знаем Наташку с Майклом! Они почти каждый день с нами гуляют. А что случилось? Почему Наташа сегодня не пришла?

И когда Саша объяснил, они принялись ахать и охать.

— Мы видели, как они уходили с тем мужчиной! Но нам и в голову не могло прийти, что это их похититель. Они разговаривали вполне по-дружески, и казалось, что знают друг друга целую пропасть лет.

— Мы даже подумали, что это отец за ними заехал.

— Так похож?

— Ну, мужа Наташки мы никогда раньше не видели, он все на работе да на работе, но с этим мужчиной она держалась совершенно свободно.

— А как он выглядел?

Свидетельница нахмурила лоб, вспоминая:

— Высокий. Темноволосый. Лицо такое... симпатичное!

— Узнать сможете?

— Это вряд ли, — засомневалась молодая женщина. — У меня плохая память на лица. То есть если бы я увидела его тут же и в той же одежде, то узнала бы. Но если переоденется, то вряд ли.

— А одет он был?..

— Темные брюки, синяя куртка. Видно, что куплена в хорошем магазине, сидела она на нем идеально. Вещи с рынка редко так садятся. Интересный мужчина.

Уж не тот ли самый любовник? А вещи куплены на денежки Наташиной семьи.

К сожалению, другие свидетели видели Наташу на еще большем расстоянии, так что с них и спрос был никакой. Они и видели-то мужчину лишь со спины, но брались подтвердить, что уходила Наташа с ним по собственной воле, никто за руку ее не тащил и пистолетом ей не угрожал.

— Шли, смеялись даже.

— Очень странно. А муж Наташи утверждает, что жена звонила ему в страшной панике. Сказала, что ребенок пропал.

— Верно, — подтвердили приятельницы. — Так и было. Потерялся Майкл. Наташка запаниковала, мужу звонила. А потом увидела, как мальчика ведет этот мужчина, и к ним побежала.

— Вам что-нибудь объяснила?

— Только воскликнула: «Вот и они!» Радостно так воскликнула! И убежала.

Итак, получалось, что подозрения родителей беглянки подтверждались. Наташу с сыном и впрямь никто не похищал. Наташа приняла решение не возвращаться к мужу самостоятельно. И добровольно укатила с другим мужчиной, прихватив с собой и сынишку.

— Машина у этого мужчины была?

Машина была. Тоже темная, а больше про нее ничего известно не было. Саша огорчился, но не слишком. Бывало такое в его практике частного сыска, что свидетели ровным счетом ничем не могли помочь. Вроде бы и были на месте преступления, вроде бы и преступника видели, но смотрели так невнимательно, что даже толком описать его не могли.

— Но раз Наташа была хорошо знакома с этим мужчиной, то можно попытаться проверить ее телефонные звонки.

Для этого нужно было официально обратиться с запросом к сотовому оператору, который точно так же захотел бы видеть официальное постановление, либо... либо можно было использовать человеческий фактор. Именно этим Саша и решил заняться.

— Барон, слушай меня внимательно. Сейчас ты будешь хромым.

Пес склонил набок голову и пошевелил ушами, но Саша не был уверен, что пес до конца понял его затею.

— Барон! — скомандовал он ему. — Хромай!

Пес тут же поджал переднюю лапку и захромал с таким жалостливым видом, что даже у самого черствого человека растаяло бы сердце при виде таких страданий. Так они прошли в салон сотовой связи, по дороге Саша не забывал напоминать Барону о том, что тот должен хромать. И Барон до того вжился в роль, что в дверь салона вошел с таким скорбным выражением на морде, словно терпел невыносимые страдания и вообще жить ему осталось считаные минуты. Он даже поскуливать начал, да еще так жалобно, что Саша и сам стал поглядывать на собаку с сомнением. Уж не приключилось ли с Бароном какого несчастья?

Что касается пухленькой девчушки, стоящей за стойкой, то она прямо-таки ужаснулась, увидев ковыляющего к ней Барона, чей умоляющий взгляд был устремлен на нее.

— Что с собачкой? Он заболел?

— Девушка, умоляю, помогите!

— Но что я могу? Собачке нужен врач!

— Вот именно! — с жаром поддержал ее Саша. — Врач! Но не абы какой, а наш личный ветеринар. Только ему Барон позволяет себя осмотреть. А у него с лапой беда, вы же видите!

— Вижу. Так отвезите к этому вашему ветеринару!

— Если бы это было так просто! Врач записан в контактах у жены, а я никак до нее не могу дозвониться. Помогите! Не дайте собаке умереть. Ему так плохо!

Барон, словно читая мысли хозяина, испустил горестный тяжелый вздох и начал медленно оседать на пол.

— Он уже и стоять не может! Это что-то серьезное!

Барон поджал вторую лапу, на сей раз заднюю, постоял в такой позе, а потом начал заваливаться на бок.

— Это конец! Он умирает.

— Ой, только не у нас в салоне! — испугалась девушка. — Как фамилия вашей жены? Сейчас дам вам распечатку ее звонков за последний месяц!

— Достаточно и недели, — обрадовался Саша.

Список он получил очень быстро. Затем вынес вконец изнемогшего Барона на руках на улицу, где пес какое-то время приходил в себя, жалостливо поглядывая на хозяина. Но купленные двести граммов обожаемой собакой ветчины сделали свое дело, Барон выздоровел и побежал знакомиться с окружающими его новыми запахами. А Саша присел на скамеечку, которая стояла неподалеку от детской площадки, и связался с родителями Наташи. С их помощью ему удалось отсеять большую часть номеров, которые либо принадлежали самим родителям, либо ее мужу, либо их общим друзьям и знакомым. В итоге осталось всего два номера, которые родители не смогли идентифицировать.

По первому номеру никто не отвечал. Зато второй отозвался уже с третьего гудка.

— Наталья, привет! — раздался в трубке задорный женский голос. — Просто постричься хочешь или с покраской? Могу записать тебя на четверг, или приезжай прямо сегодня.

— Выбираю сегодня.

— Кто это? — испугалась женщина.

Саша объяснил, что его наняли родители, которые очень встревожены исчезновением дочери.

— Ну надо же! — ахнула парикмахерша. — Значит, она все-таки решилась! Вот ненормальная!

— На что решилась?

— От мужа уйти!

— Объясните подробней!

— Приезжайте ко мне, все вам расскажу, — пообещала мастер. — Адрес салона сейчас скину.

Саша поднялся со скамеечки и начал подзывать к себе Барона.

Тот замешкался, и вдруг Саша услышал:

— Молодой человек, я правильно понял, что это вы недавно интересовались тем мужчиной, который вчера увел молодую женщину с ребенком?

Саша оглянулся и увидел, что на другом конце скамеечки устроился старичок. Вид у него был приличный, а речь и манеры внушали доверие.

— Так уж сложились обстоятельства, что я вчера был тут и видел, как все случилось, — объяснил Саше старичок.

— Вы разглядели похитителя?

— Мужчина и женщина были хорошо знакомы. Она обращалась к нему по имени.

— И как его звали?

— Михаил.

— Значит, Миша. А внешность описать можете?

— Очень привлекательный молодой человек. Волосы темные, глаза тоже. Лицо гладко выбритое, следит за собой, одет аккуратно, подтянут, такой просто обязан нравиться женщинам. И у меня сложилось впечатление, что молодая женщина не избежала этой участи. Она поглядывала на него очень нежно и все время просила, чтобы они поехали к нему в гости.

Итак, молодая женщина просто загуляла. Это радовало, значит, жива. Но в то же время нельзя было терять времени, нужно было срочно возвращать женщину в лоно родной семьи.

Заинька, такое милое прозвище было у парикмахера, встретила Сашу у входа. Сам салон располагался на первом этаже жилого дома. Когда-то на его месте была обычная жилая квартира, две комнаты которой были объединены в женский зал, а в третьей комнате сейчас находился зал мужской.

— Надо же, а вы с собачкой, — удивилась Заинька при виде Саши и семенящего рядом с ним Барона.

— К вам нельзя с животными?

— Что вы придумываете! Конечно можно! У меня дома у самой живет фоксик. Но он такой забияка и драчун, а ваш, как я посмотрю, воспитанный.

— Чемпион породы, — похвастался Саша, хотя это было не совсем так, даже, скорее, совсем не так.

Но Заинька впечатлилась и умилились, на что Саша и рассчитывал. Установить дружеские отношения со свидетелем — это уже полдела. Человек куда охотней поделится информацией с тем, кто лично ему симпатичен.

— Раз вы работаете на родителей Наташки, а не на ее мужа, то я вам все расскажу. Хотя, вообще-то, муж у Натальи золото, а не муж!

— Вы их давно знаете?

— Наталья ко мне не первый год стричься ходит. Я и на свадьбу ее причесывала. А тут вдруг она мне стала говорить, что с

Димой ей скучно, что хочет она его бросить и уйти.

— К кому уйти? К другому мужчине?

— В том-то и дело, что нет. Просто хочет уйти.

— К родителям вернуться?

— Родители бы ее вряд ли приняли. Это же придурь — от хорошего мужа уходить. Что Наталья может и умеет? Да ничего! Как вышла замуж, так и жила за спиной у мужа. Образование у нее медицинский колледж, в медсестры ей, что ли, идти? Я ее отговаривала от этого решения как могла. Но она, видимо, меня не послушалась.

— Но ушла-то она с мужчиной. Высокий брюнет, очень симпатичный и подтянутый, зовут Михаилом.

— Мишка! Так это же ее брат!

— Брат?

— Не родной, конечно. Двоюродный. Но да, родственник, и я его знаю. Он тоже у нас стрижется.

— У вас?

— Не у меня лично, я женский мастер, он у Валечки стрижки делает. И помнится, она даже к нему на дом ездила.

И Заинька крикнула:

— Валечка, у тебя адрес Миши сохранился?

Из соседнего помещения раздался голос:

— Чей?

— Брата моей Натальи!

— Где-то был!

Вслед за этим появилась и сама Валя, которая была женщиной полной и добродушной. В руках у нее была самая обычная записная книжка, при виде которой Саша преисполнился доверия к этой свидетельнице. Как известно, что написано пером, то не вырубишь топором.

— Ну, записывайте...

Жил Михаил довольно далеко. Саша прикинул, и навигатор любезно сообщил, что даже сейчас, без пробок, добираться им придется не меньше тридцати восьми минут. Получалось, что Михаил ежемесячно преодолевал приличные расстояния, чтобы сделать стрижку в салоне, который находился неподалеку от дома Натальи. Неужели, нигде ближе ему было не найти своего мастера?

Но Саша знал, что ехать надо. Полученный им в салоне сотовой связи номер телефона, совпадал с тем номером, который продиктовала ему добрая Валечка вместе с адресом своего клиента Миши.

Добравшись до нужного дома, Саша огляделся по сторонам. Вполне себе благоустроенный район. Только на обозримом расстоянии не меньше трех салонов красоты, и на подъезде еще столько же. И зачем Мише понадобилось мотаться в такую даль, чтобы постричься? Уж не потому ли он ездил в салон к Вале и Заиньке, что там же стриглась Наталья, которая и обитала совсем неподалеку?

Саша уже пообщался со своими клиентами и получил от них некоторую информацию об их родственнике. В частности, он знал, что после окончания института Миша толком с работой не определился. Время от времени у него случались попытки куда-нибудь устроиться, но успехом ни одна из них так и не увенчалась. При этом родители сами были в шоке, узнав, с кем ушла их дочь.

— Никогда бы не подумал, что Наталья общается с этим жиголо. Как она могла? Ведь мы же ее много раз предупреждали, что Мишка ведет аморальный образ жизни, пьет, встречается с кучей женщин, такой хорошему не научит. Просто в голове не укладывается. Она всегда говорила о нем, как о полном ничтожестве. Да и как иначе? Нигде не работающий бездельник! При этом деньги у него водились. Квартиру ему подарили родители, но обставил он ее сам. И машины он часто менял, что ни год, то новая!

— И каков же источник его нетрудовых доходов?

— Я как-то спросила, он ухмыльнулся и сказал, что есть мужчины, которых женщины любят.

— Альфонс?

— Вроде того.

Но кем бы ни был этот родственник Натальи, он единственный знал, где она находится сейчас. Саша очень надеялся, что дверь ему откроет сама потеряшка. Увы, сколько он ни звонил, из квартиры не раздалось ни звука. Саша уже отчаялся, но все же дернул дверь и с удивлением понял, что она даже не заперта.

— Опля! К чему бы это? Боюсь, что не к добру.

Первая мысль, которая посетила Сашу, была очень благоразумной. Вызвать полицию и уже вместе с ней войти в квартиру. Но кто и когда действует благоразумно? Видели вы таких людей? Саша к их числу не относился. Он не стал никому звонить, а просто вошел внутрь.

— Есть кто живой?

Никто не откликнулся. Уговаривая самого себя, что с хозяином все в полном порядке, просто ушел и забыл закрыть дверь, подумаешь, великое дело, сплошь и рядом такое случается, Саша продвигался вглубь квартиры. В ней была всего одна комната и кухня. И если на кухне имелись разве что следы неубранных приготовлений к трапезе, то в комнате Сашу ждали целых два трупа.

— Ох, ёлки!..

Саша со свистом втянул в себя воздух, перевел дух и стал разглядывать дальше.

Мужчины. Один брюнет, другой блондин. Брюнет, судя по описанию, мог быть хозяином квартиры — Михаилом. Кто был его друг, Саше еще предстояло разобраться. К счастью, ни Натальи, ни ребенка в этой квартире не оказалось. Когда Саша в этом убедился, он испытал настоящее облегчение.

— Не хватало еще, чтобы эти уроды и мать с мальчишкой порезали!

Но нет, то ли Наталье удалось убежать, то ли ее тут и не было никогда. Саша обошел квартиру и вернулся на место преступления. Трупы лежали напротив друг друга, и у каждого в руке был нож. Судя по всему, после совместной трапезы и распития крепких напитков между собутыльниками вспыхнула ссора. В пылу каждый из мужчин схватил первое попавшееся под руку оружие, а попались им кухонные ножи, которыми эти двое и зарезали друг друга.

Барон успел обнюхать тела, и запах ему не понравился. Теперь он прижался к ногам хозяина и дрожал. Саша и сам испытывал похожие чувства, прижаться бы к кому-то сильному, но, увы, сильней его тут никого не было.

— Барон, спокойно!

Саша подошел ближе, хотя и видел, что ничем тут уже не помочь. Мужчины были мертвы давно, тела успели уже похолодеть. Но что-то в этом показалось Саше странным. На первый взгляд между мужчинами вспыхнула ссора. Но при этом на столе стояла всего одна бутылка виски. Да, она была пуста, но что такое ноль семь для двух крепких молодых мужчин? Да под хорошую закуску, которой на столе было много. И мясной салат, почти весь уничтоженный, и бутерброды с рыбой, и яйца под майонезом, которым тоже отдали должное хозяин с гостем. А кроме всего еще и утка с яблоками, от которой остался один скелет.

— Аппетит у ребят был хороший, вряд ли одна бутылка могла на них так подействовать, чтобы они потеряли разум. Может, бутылок было больше?

Но нет, в мусорном ведре было пусто. Видимо, кто-то недавно вынес весь мусор, вложив новый пакет, который еще не успел заполниться.

— А что это?

На самом дне пакета оказалась скомканная влажная салфетка, она уже успела высохнуть, но от нее все еще исходил запах лимона. Небогатый улов, который ровным счетом не проливал света на случившееся в этой квартире. По какой причине двое мужчин, мирно сидящих за одним столом, внезапно обозлились друг на дружку до такой степени, что схватились за холодное оружие?

Делать было нечего, самому ответить на вопросы не получалось, пришлось звонить в полицию. Хотя Саша предчувствовал, что к его собственной личности у полиции могут возникнуть вопросы. Так и случилось, ему пришлось несколько раз объяснять, как же так получилось, что он оказался в этой квартире. К счастью, родители Натальи подтвердили, что он искал их дочь по их просьбе. И визит к их дальнему родственнику тоже был с ними согласован.

Поэтому Сашу в конце концов отпустили, впрочем, напоследок его предостерегли от участия в дальнейшем расследовании. Но Сашу было уже не удержать. Теперь он и сам начал чувствовать страх за судьбу Натальи и ее малыша. Раз в деле появилось сразу два трупа, то число их могло еще увеличиться. Пока Саша находился в отделе полиции, он кое-что успел услышать, и к тому же ему посчастливилось свести знакомства с несколькими операми, которые, в свою очередь, кое-что ему рассказали.

В частности, Саша выяснил, что это был за белобрысый парень, с которым подрался хозяин квартиры.

— Мы выяснили, по словам соседей, это близкий дружок хозяина квартиры, частенько у него бывал. Парни вели рассеянный образ жизни, нигде не работали, кутили ночами напролет, появлялись под утро с девушками, устраивали, судя по звукам, групповые оргии. В общем, заскучать соседям не давали.

– Как имя дружка?

— Савельев Павел. Родился в Рыбинске. Учился в нашем городе в корабелке. Окончил. Женился. Очень скоро развелся. От жены получил в качестве компенсации однокомнатную квартиру, она у него ворочала бизнесом, но от постоянных измен молодого мужа утомилась. Порядочная женщина, оставила бездельнику при разводе однушку со всеми удобствами в хорошем кирпичном доме, хотя по всем раскладам могла выпереть его куда-нибудь за сто первый километр в деревянный барак.

— А что насчет моей клиентки? Соседи не видели, была ли в квартире девушка с маленьким ребенком?

— Была. Но ушла еще до того, как между мужчинами началась драка. И судя по тому, как энергично она улепетывала, в квартире уже назревал конфликт. Соседка сказала, что девушка выскочила словно ошпаренная, а из квартиры неслись разгоряченные голоса.

— А ребенок с ней был?

— Да.

Для Саши было большим облегчением узнать, что по крайней мере на вечер вчерашнего дня Наташа и Майкл были целы и невредимы. Узнать бы еще, где и у кого они провели минувшую ночь. Судя по полученному от свидетелей описанию, не какая-нибудь другая молодая женщина с ребенком, а именно Наташа была в квартире, где затем случилась драка с двойным трагическим исходом. Была, а потом убежала. Но куда?

Родители Натальи прозвонили всех своих родственников, друзей и даже знакомых, у которых могла бы найти приют напуганная женщина. Со своей стороны, Саше удалось договориться с полицейскими, которые взяли на себя труд обзвонить все отели и частные пансионаты в городе и ближайшем пригороде, чтобы найти беглянку. Все-таки теперь полиция искала следы не просто исчезнувшей молодой женщины, а ценной для расследования свидетельницы.

— Понять бы еще, из-за чего у этих двоих случилась размолвка.

— Может, женщину не поделили? Ту самую Наталью, которая теперь исчезла?

— Как раз из-за женщины у мужчин вряд ли могло возникнуть разногласие. Женщин у этих двоих имелось в избытке, и самых разных. Парни буквально купались в женской любви, а Наталья не обладала ни особенной красотой, ни фактурой. Опять же ребенок.

— Когда все время ешь сладенькое, потянет на солененькое. Пресытившись девушками модельного облика, ребята могли сделать стойку на обычную домохозяйку.

— Не забывай, что одному из них Наталья приходилась родственницей, кузиной.

— Так я о чем и говорю! Но Павла с Наташей никакие родственные отношения не связывали. Он мог попытаться увлечь молодую женщину, брат за нее вступился, Павел послал, Михаил обозлился. Вот вам и драка.

— Драка, допустим. Но чтобы схватиться за ножи, нужен повод посерьезней.

Однако рассказать, что именно произошло в злополучной квартире, могла лишь Наталья. И ее теперь усердно искал не только частный сыщик со своей собакой, но и вся полиция города. И все же удача улыбнулась Саше, именно ему позвонил отец Натальи.

— Мы уже обзвонили всех своих, никто нашу девочку не видел. Но мы с женой вспомнили, что у Наташки в свое время была близкая подруга — Маша. Со школы они дружили, просто неразлейвода были. Из-за чего уж потом между ними черная кошка пробежала, я не знаю. Маши ни на свадьбе у дочери не было, ни ребенка ей дочь не показывала. Вычеркнула Машку из своей жизни, словно той и не было. Но Машка единственная, кого мы не сумели спросить насчет Наташки. Надежда слабая, но вдруг? Съездишь к ней?

— Давайте адрес.

Отец крякнул:

— Кабы это было так просто, так я бы уже сам к ней смотался. Продали они с матерью квартиру и уехали. Дочка с Машей к тому времени уже не общалась, поэтому куда уехали, мы не знаем. Одноклассникам звонили, они тоже ничем не помогли. Говорят, что Машка где-то в центре города обосновалась, то ли замуж вышла удачно, то ли тетушка ей квартиру оставила. Видели ее в районе Лиговского проспекта, но домой к себе она никого не приглашала.

— Назовите мне ее фамилию. Я в Сети поищу.

— Думаешь, мы тут совсем уже лохи дремучие? Первым делом в интернет сунулись. Но нигде мы фамилии Машки найти не сумели. То есть девушек с такими фамилиями море, но все не то! Должно быть, Мария девичью фамилию сменила на фамилию мужа. А кто он такой, мы и не знаем.

— Что же, из всего класса с Машей только ваша дочь дружила?

— Скорее это Маша с ней дружила. Расположения Маши добиться не так-то просто, она девочка непростая. Она ведь первой красавицей считалась, отбоя от кавалеров у нее не было. Все мальчишки в классе мечтали с ней дружить. Только Маша на них и смотреть не желала. Выбрала Наташку, с ней и дружила. Но была у

Наташки еще одна подруга — Ира Горбатова, девочка простая и славная. Вот она бы Наташку у себя приняла с радостью, только Ира несколько лет как с родителями в Германию уехала. А к ней туда наша дочка податься не могла, загранпаспорта у Наташки сейчас нету.

Саша пообещал, что попытается связаться с Ирой, и сразу же ей написал сообщение с описанием критической ситуации, в которую угодила ее подруга. Ира ответила в течение часа, позвонила по скайпу, и сама выглядела сильно встревоженной исчезновением Наташи. От волнения ее и без того некрасивое лицо портилось еще сильнее. А торчащие в разные стороны редкие волоски тоже картины не красили. Ирочка так разволновалась, что даже заплакала, но при этом твердила, что понятия не имеет, куда могла податься подруга.

— Дело в том, что мы с Наташей не виделись уже больше трех лет. Знаю, что у нее были трудности материального характера, она дважды занимала у меня довольно крупные суммы денег и до сих пор их не отдала.

— Насколько крупные?

— Первый раз двести евро, второй раз пятьсот.

— И вы не спросили, зачем ей эти деньги?

— Она сказала, что на лечение ребенка. Я не смогла ей отказать.

— Но зачем занимать? Ведь Дима отлично зарабатывает. А его родители души не чают во внуке.

— Я так поняла, что Наташка пыталась лечить ребенка втайне от мужа.

— Почему?

— Ох, я так толком ничего и не поняла. Но Наташка меня заверила, что этих денег хватит, чтобы спасти Майкла. И она так меня благодарила, называла спасительницей, плакала! Так что я поняла, эти деньги были ей и впрямь очень нужны.

— Нет, но почему было не взять деньги у мужа или его родителей?

— Ничем не могу вам помочь. Я давно не приезжала в Россию, и последний раз я у Наташки в гостях была, когда родился Майкл. Общение у нас с Наташкой велось в мессенджерах. А там разве по душам поговоришь! Фактически Наташка была очень одинока. Муж целыми днями пропадал на работе. Его родители Наташку едва терпели.

— У меня другие сведения! Родители мужа обожают Наташу!

— Это они при людях делают вид, что души в ней не чают. А на деле им на нее наплевать. Хоть она есть, хоть бы ее не было. Вот Майкла они и впрямь любят!

Ира осеклась, а потом продолжила:

— Ну, тоже, как сказать, любят... он им нужен.

— Нужен? Зачем?

— Внук. Наследник. Всякое такое. Здоровье у Димки слабое, у него в мозгу какая-то опухоль еще с детства. Неоперабельная. Сегодня она не растет, но завтра может начать расти. И все! Привет! Поминай как звали! Вот тогда и понадобится Майкл, должен же кто-то все их денежки унаследовать. И со своими собственными родителями у Наташки отношения были так себе.

— Это уж сказки! Они места себе не находят, что она исчезла.

— За себя они волнуются! — вспылила Ира. — Их же семья Димки фактически содержит. И как содержит! Родители Наташки теперь по два раза в год на курорты летают, дачу себе построили, ни в чем себе не отказывают. А на какие шиши? На две их пенсии так не пошикуешь! Так что Наташка для родителей просто дойная корова, вот и все их отношения с дочерью. Из близких людей у Наташки только я, да и я далеко!

— А Маша?

— Маша отделилась еще раньше. Ее даже на свадьбе у Наташи не было.

— Удивительно. Лучшая же подруга?

— И не говорите! Я сама обалдела! Главное дело, они же обе были такими близкими подругами, куда там мне. Я у них на подхвате была, когда они друг с другом ненадолго ссорились или кто-нибудь болел, тогда оставшаяся со мной дружила. Но такой близкой дружбы, как между ними двумя была, между нами не водилось. И я точно знаю, что они давно друг дружке пообещали, что когда замуж будут выходить, то будут свидетельницами друг для друга. А тут Наташка замуж собралась, а в свидетельницы вдруг меня позвали! А про Машу ни слуху ни духу. Конечно, я обрадовалась, особенно даже расспрашивать не стала, что там у них случилось, до самого последнего дня не верила в свое счастье. Думала, Наташка с Машкой помирятся, меня в последний момент известят, что больше я никакая не свидетельница. Но нет, обошлось, Машки даже на свадьбе не было. Я в один момент подумала, что Машка не пришла, потому что обиделась, что Наташка меня свидетельницей сделала. Позвонила ей, а Машка, оказывается, даже не в курсе была, что у Наташки свадьба уже была. От меня только все и узнала.

— И как она восприняла, что ее не пригласили?

— Знаете, нормально. Но Машка вообще сдержанная и такая закрытая, ее хрен поймешь, что она на самом деле чувствует.

— Но вы потом у Наташи спрашивали, что случилось?

— Спрашивала, но она мне велела эту тему не поднимать. Сказала, что Машки для нее больше не существует. И даже заявила, что кто хочет с ней дружить, тот не должен общаться с Машей. Я сделала выводы и больше в эту тему не лезла.

— Ну а мне придется влезть. Как мне найти Машу?

— Попробуйте на работе у нее спросить. Она в издательстве газеты работала, может, и до сих пор там.

Ира назвала издательство крупной газеты, которая у всех была на слуху.

— У Машки роман с одним из редакторов наклевывался, красивый парень, вполне вероятно, что дело у них и до свадьбы дошло. Машка — она ведь эффектная, совсем не то что мы с Наташкой. Ни ростом не вышли, ни лицом не удались. Нам и плохонькие мужички в радость. Да не в том дело, с лица ведь воду не пить.

Саша даже не нашелся что ответить. Возразить? Но как отрицать очевидное. Саша не сумел так сразу придумать фразу, чтобы и на правду было похоже, и в то же время не обидно. И разговор на этом прервался.

В издательство Саша приехал к концу рабочего дня. Впрочем, народу и без того было немного, потому что по большей части сотрудника работали «на удаленке».

— Маша? Хлопунова? Нету у нас такой.

— А вот взгляните на фотографию, — попросил Саша.

Фотография была из школьного альбома, но Саша надеялся, что за пять истекших с момента окончания школы лет девушка не слишком изменилась. Ему повезло, сотрудники мигом заулыбались.

— Да это же Сиденкова! Верно, Маша ее зовут.

— Как мне ее найти?

— Так она дома работает.

Саша объяснил ситуацию. Видимо, его вид убедил коллег, что этому человеку можно доверять. А возможно, присутствие Барона сыграло благоприятную роль. Саша давно заметил, что люди почему-то склонны больше доверять тем, кто держит у себя домашних питомцев. Видимо, всем кажется, что если человек способен позаботиться о брате меньшем, то он не может быть совсем уж законченной скотиной. Хотя мнение это ошибочно, многие законченные психопаты и садисты держали дома кошечек и обожали своих собачек, и это чувство никак их не облагородило и не улучшило их натуру.

Но в случае с Сашей сработал стереотип, и кто-то предложил:

— Могу вам телефончик Маши дать.

Саша сразу же позвонил, но трубку никто не взял. К сожалению, вопрос о домашнем адресе Маши отчего-то повис в воздухе. Никто из коллег не торопился сдавать позиции Маши. Тогда пришлось добавить накала страстей. Упоминание про два трупа сделало свое дело. А также предложение позвонить в отдел полиции и убедиться в правдивости слов Саши.

И кто-то снова сказал:

— Не хочу, чтобы с Машей что-нибудь случилось. Пиши адрес, парень!

Получив вожделенный адрес, Саша опрометью метнулся туда.

— Если и там пусто, то все! Хватит с меня благотворительности! Позвоню и объясню, что не могу дальше искать их дочь. В конце концов, у нее полно родственников. Но почему-то ни муж, ни родители не хотят мотаться по городу. У мужа работа, родителям нездоровится. Интересная позиция у всех! У мужа пропала жена и сын, у родителей дочь и внук, но все, на что они способны, это заплатить денег чужому человеку, чтобы он занимался ее поисками.

Квартира Маши и впрямь находилась недалеко от Лиговского проспекта. Маленькая улочка, старая застройка. Дом выглядел ухоженным, двор был закрытый, перед подъездом сидела консьержка. Саша объяснил, к кому идет, и его пропустили. Но он заметил, как консьержка сняла трубку и позвонила в квартиру. Ответа Саша не дождался. Поднялся на лифте на третий этаж, стал звонить, никто ему не открыл. Затем лифт снова загудел, оказалось, это приехала консьержка.

— Не открывают?

— Нет.

Женщина нахмурилась.

— Вот и мне не ответили.

— Может, дома нету?

— Нет, они дома. У Маши сегодня гости. Вчера днем к ней мама приехала, а уже на ночь глядя и сестра с племянником пожаловали. А сегодня брат пожаловал. Впрочем, он как раз перед вами ушел.

Мама? Сестра? Племянник? Брат? Вроде бы будний день, с чего такое столпотворение родственников?

— Ну, маму я и раньше видела, — продолжала говорить консьержка, — а вот сестра с племянником первый раз заявилась. Малыш такой очаровательный, первым делом сообщил мне, что зовут его Майкл.

Саша чуть не подпрыгнул от радости.

— На фото не взглянете? — заторопился достать Саша фотографии пропавшей Натальи и ребенка.

— Они самые и есть!

Сердце у Саши забилось от волнения. Он все-таки справился с заданием! Нашел беглянку! Вот, значит, у кого она укрылась. И тут же Сашу затопила тревога, но если Наташа свободно приехала сюда к своей подруге, то почему она не приехала ни к своим родителям, ни к мужу? Выходит, Наташа скрывается от них сознательно? И вовсе не стоит вот так сразу оповещать их о том, что женщина нашлась.

И рука Саши, которая уже приготовилась нажать кнопку вызова, сама собой разжалась.

Между тем консьержка переживала:

— Но почему они не открывают? Женщины и ребенок были дома, я это точно знаю. И свет у них в окнах горит. Прежде чем подняться сюда к вам, я вышла на улицу и посмотрела.

В это время лифт снова загудел. Из него вышла средних лет женщина, ведущая за ручку маленького мальчика с необычайно серьезным и умным личиком.

Увидев посторонних, он на мгновение растерялся, но потом слегка поклонился и произнес:

— Здравствуйте, меня зовут Майкл.

— Анна Семеновна, дорогуша, а что же у вас никто не открывает?

— Не знаю. Мы у Лидии Николаевны из пятнадцатой были. Сына Машенькиной подружки к ней водила, у Лидочки две внучки, школьницы, они так хорошо с Майклом играли. И в платья его разные наряжали, волосы ему причесывали, даже накрасили его, хулиганки! Даже расстроили его, он расплакался, пришлось уйти раньше времени. А то бы мы там еще посидели.

— Так у вас все в порядке?

— Конечно!

С этими словами женщина открыла дверь своим ключом, зашла, и, прежде чем Саша успел сориентироваться, из квартиры донесся ее крик. Саша тут же кинулся внутрь, но далеко бежать ему не пришлось, прямо в коридоре лежало распростертое тело. Это была Наташа.

— Что с вами?

Молодая женщина была жива, она открыла глаза и слабо зашевелила губами.

— Помогите!

Внешне никаких повреждений или крови видно не было. Но Наташа была плоха. Между тем из комнаты доносился голос женщины:

— Доченька! Машенька! Очнись!

Саша поспешил туда и увидел, что в кресле лежит еще одна молодая женщина. Это была Маша — школьная подруга Наташи.

— Что с ней?

— Она не дышит!

Но тело было теплым, и пульс бился, хотя и очень тихо.

— Нужно звать врача! Срочно!

Консьержка, которая переживала едва ли не сильней всех, тут же воскликнула:

— У нас станция «Скорой» в соседнем доме! Я сбегаю! Все быстрей будет, чем звонить!

Добрая женщина оказалась права, она привела бригаду врачей спустя считаные минуты. Видимо, всю дорогу туда и обратно она бежала, не щадя своих ног, но дело того стоило, скорость приезда врачей сыграла решающую роль.

— Обе девушки живы, но находятся в коматозном состоянии. Наглотались какой-то гадости, может, тот же печально известный клофелин из запасов какой-нибудь ночной бабочки. Были бы мужики, я бы даже не сомневался с постановкой диагноза. Но и так похоже. Давление шестьдесят на сорок, сердцебиение практически отсутствует, кожные покровы бледные. Симптомы у обеих девушек схожи, так что думаю, что они приняли один и тот же препарат.

Девушек увезли, Саша решил пройти по квартире. Его интересовали следы присутствия в квартире посторонних. Саша и сам не знал, как именно они должны выглядеть, поэтому смотрел очень внимательно. И кое-что привлекло его внимание.

— Я не вижу в квартире никаких мужских вещей.

— Машенька живет одна.

— Но я знаю, что она замужем.

— Была, — вздохнула женщина. — Развелась уж давно. Такой непутевый мужик оказался, вроде бы внешне симпатичный, и манеры, и обаятельный, а запойный оказался! Месяц ничего, потом несет его. И как выпьет, все его на приключения тянет. То с моста в Неву прыгнет, то в драку ввяжется, голову ему проломят, то под машину попадет. А уж сколько раз он всю зарплату спускал, этого я и не сосчитаю. В общем, дочка еще долго терпела, а потом все-таки сходила и развелась. Их быстро развели, детей-то у них не было.

— Тогда объясните, чья это шапка?

Шапка была меховой, несколько не по сезону, потому что на дворе стояла ранняя осень и до меховой одежды было еще несколько месяцев.

— Дорогая вещь, качественная, — помяла в руках шапку Анна Семеновна. — Точно не наша. Может, стриптизер принес?

— Кто?

— Не хотела вам говорить, постеснялась, но раз уж такое дело, то я уж признаюсь. Неспроста я с Майклом в гости к соседке ушла. Девчонкам похулиганить захотелось, стриптизера к себе вызвали. Ну, чтобы развеяться обеим, похихикать.

— Понятно, — произнес Саша, которому ровным счетом ничего не было понятно. — Но шапка зимняя, а на улице осень. Вряд ли стриптизер явился в шубе. Да и лежала она высоко на полке.

— Нет, все равно это не наша вещь.

— Почему вы так думаете?

— Видно, что ее уже носили.

— И что?

— Если бы Маша подарила эту шапку своему мужу, то шапка могла быть либо совсем новой, либо он бы ее потерял... ну или пропил. Другого у этого человека не случалось. Да и развелась Маша с мужем год назад, давно бы Маша шапку убрала.

— Тут инициалы вышиты. Буквы «П» и «С».

— Вот видите! Мужа звали Гришей, это не его шапка, я же вам говорю.

И Анна Семеновна занялась Майклом, до которого вдруг дошло, что с мамой случилось что-то неладное, и он по этому поводу громко расстроился. Так что думать о чужих шапках женщине было совсем недосуг.

Пришлось этим заняться одному Саше.

— «П» и «С»... — прикидывал он. — А вдруг это Павел Савельев?

Версия была сродни озарению, и Саша тут же позвонил своему приятелю из отдела, на территории которого случилось двойное убийство.

— Антон, посмотри в вещах убитого Павла, нету ли каких-нибудь особых меток?

— Да у него все белье в вышивке.

— Сейчас скину тебе фотку.

Не прошло и минуты, как Саша получил ответ.

— Та самая монограмма! — сообщил ему Антон. — Точь-в-точь.

И что же это получалось? Шапка принадлежала Павлу Савельеву? И она могла находиться здесь уже давно, с прошлой зимы. Получается, что Маша была знакома с погибшим Павлом? В принципе, ничего необычного в этом не было, если уж Миша приходился родственником Наташе, то и Наташа могла познакомить свою лучшую подругу с лучшим другом своего кузена. А учитывая репутацию донжуанов, которая окружала двух приятелей, дело могло одним знакомством не ограничиться. Дело молодое, всякое случается.

И все бы ничего, если бы не два трупа и два полутрупа, появившиеся в этой истории.

— Кстати, — услышал Саша голос Антона, — эксперты сказали, что убить друг друга наши потерпевшие никак не могли.

— Почему это?

— Судя по тому, как расположились отпечатки пальцев на ножах, потерпевшие должны были воткнуть друг в друга ножи совсем под другим углом. То есть парней сначала убили, потом их убийца аккуратно протер рукоятки ножей и прижал к ним пальцы своих жертв.

— И жертвы совсем не сопротивлялись?

— Они были под действием клофелина. Выпили его вместе с виски такую дозу, что ничего уже не могли почувствовать. Вырубились начисто!

После этого разговора Сашу охватили еще большие сомнения.

— И тут клофелин, и там клофелин. Плюс шапка Павла Савельева. Вдобавок Наташа — кузина Михаила. Но как связать эти факты между собой?

И Саша обратился за разъяснениями к Анне Семеновне.

— Ваша дочь ведь была дружна с Наташей?

— Ой, одно время их вообще друг от дружки нельзя было оттащить. И в школе вместе, и после школы как гулять, так с Наташей.

— А что потом случилось? Поссорились?

— Наташа неприятные воспоминания от себя прогнать пыталась, вот с Машей и порвала.

— Не понял.

— Я тоже не до конца поняла, мне дочь так объяснила, она знает кое-что такое про Наташку, чего та очень стесняется. И боится, что Маша об этом случайно или намеренно проболтается перед родными Натальи. Вот и порвала с ней всякие отношения, чтобы и духу Машкиного в ее семье больше не было.

— Наверное, вашей дочери это было обидно.

— Не знаю, она человек закрытый. Даже я, ее мать, толком никогда не знаю, что у нее на душе. Но Маша потом в скором времени сама замуж вышла, а муж ей попался такой, что заскучать не давал. Так что не думаю, чтобы Маше много о своей бывшей подруге думать приходилось.

— Почему же бывшей? Вот ведь приехала же вчера Наташа.

— Да уж мы удивились изрядно. А она так плакала, говорила, что муж ее убить грозится. Спрятать ее просила.

— Муж? Убить?

— Что-то он там ее приревновал или что-то такое, я не очень поняла, девчонки между собой шушукались, а я все больше Майклом занималась. Такой славный мальчишечка, и ласковый!

Но тут славный мальчишечка снова разревелся в комнате, и Анна Семеновна поспешила к нему.

Саша уже давно пребывал в сомнениях, сообщать или нет родным Наташи о случившемся с ней. Но теперь, после слов Анны Семеновны, окончательно убедился, что правду о ее нынешнем месте пребывания им знать рано.

— А ты к чему спрашивал про Наташкиного мужа?

Это Анна Семеновна закончила утешать Майкла и вновь появилась в дверях.

— Думаешь, он правду про Майкла узнал?

— Какую правду?

— Ну, что Майкл не его сын?

— Как не его? А чей же?

— Этого я не знаю, об этом вам у самой Наташи спросить будет нужно, когда она очнется. Только это я и успела подслушать из того, о чем девчонки шептались. Но Наташа очнется, расскажет.

Или если очнется!

И Саша начал сосредоточенно думать. Когда Наташа прибежала за помощью к подруге, то она говорила, что муж страшно на нее зол, хочет ее убить. А за что муж может пожелать убить любимую жену? Только за одну вещь, за супружескую измену. И тот факт, что измена могла произойти не вчера, а несколько лет назад, ничего не меняет.

Значит, девчонки были знакомы с убитыми ребятами. И не просто знакомы, они с ними встречались. Видимо, тогда Наташа крутила роман с Павлом, а Маша — с Михаилом. Потом Наташа вышла замуж и родила ребенка. Но родила его не от мужа, а от Павла! Почему не вышла замуж за Павла? Но это как раз просто. Павел был человеком несерьезным, повесой и бабником, она не решилась связать с ним свою жизнь. Выбрала стабильного и правильного Диму, да и родители ее настаивали на этом варианте. Но с Павлом не порвала, забеременела не от мужа, а от любовника. Вот о чем узнал муж Наташи! Вот за что он хотел ее убить! И вот почему Наташа бросилась не к родителям, а сначала к своему любовнику, а потом уж к подруге, которая тоже была в курсе этой тайны.

Теперь Саше все было более или менее понятно. И тем очевидней вырисовывался подозреваемый в этом деле.

Дима обезумел от ревности, выследил супругу, узнал, что она спряталась на квартире у своего брата, которую посещает также ее любовник. Ворвался туда и зарезал ничего не подозревающих мужчин. Но эта кровь его ярости не умерила. Он отправился вслед за своей неверной женой и каким-то образом уговорил ее и ее подругу выпить вина, подмешав в него сильнодействующий наркотик, который едва не отправил девчонок на тот свет. Может, тот же клофелин, почему бы и нет? Может, Дима даже проник в дом под видом или вместе со стриптизером, которого ждали девчонки. Улучил момент и подлил дрянь в вино.

Но почему сразу в оба бокала? Что Маша сделала Диме? Зачем ее убивать? Или мужчина уже настолько обезумел, что убивал не думая?

Ну да, правильно, свихнулся мужик, он ведь и Мишу убил. Просто за то, что тот был в курсе этой истории. Миша погиб, потому что знал: Наташка изменяла, а возможно, и продолжает изменять мужу с Павлом. И Маша должна была умереть по этой же причине. Анне Семеновне еще повезло. Могла и она под одну гребенку со всеми угодить. Диму нужно срочно изолировать, пока он еще каких-нибудь дел не натворил!

Саша вновь позвонил Антону, тот внимательно выслушал, но задерживать Диму отказался, вместо этого посоветовал Саше приехать в больницу.

— Я сообщил родным нашей беглянки, что она нашлась, находится в больнице, они к ней уже едут.

— И Дима тоже едет? — ужаснулся Саша. — Он же ее добьет!

Но полиция в лице Антона проявляла какое-то просто преступное равнодушие к сохранению жизни Наташи.

— В больнице встретимся и все обсудим, — вот и все, что услышал в ответ Саша.

Никакого покоя, снова все зависело от

него одного! Нужно было срочно мчаться в больницу, чтобы опередить Диму и не дать ему закончить начатое. Но как ни торопился Саша, он все равно опоздал. И не его в том была вина. Сначала Анна Семеновна потребовала, чтобы он взял ее с собой, и томительно долго собиралась. Потом Майкл долго не мог найти свою любимую игрушку, а без нее уезжать мальчик отказывался.

В больницу они попали уже в тот момент, когда Антон заканчивал свою речь. Обращался он к невысокому, но широкоплечему молодому человеку, который оказался Димой.

— Надеюсь, теперь вы понимаете, почему мы были вынуждены перевести вашу супругу отсюда прямо в тюремную больницу.

— Бедная моя Наташа, — вздохнул тот. — Неужели она все это наворотила только из-за того, что боялась, я узнаю про ее интрижку?

— Главное, чего она боялась, так это того, что вы узнаете, Майкл у нее не от вас.

— Я всегда это знал, — спокойно произнес Дима.

— Знали?

— Да, с самого начала. Врачи поставили мне диагноз еще в детстве. У меня никогда не может быть своих детей. В моем случае только усыновление. Мои родители, разумеется, тоже были в курсе дела. Мы не знали, как сказать об этом Наташе, но когда оказалось, что Наташа беременна, мы с моими родителями приняли решение, Наташе ничего не говорим, ребенка оставляем и воспитываем, как своего родного.

— То есть вы изначально знали про ее измену?

— Конечно. Мы даже надеялись, что Наташа подарит нам еще одного ребенка, но такого подарка она нам не сделала. Оказалась слишком порядочной, изменила мне всего лишь один раз. Так что? Ко мне и моим родителям вопросов больше нет? Мы можем идти?

— Идите.

Дима взял Майкла за руку, его мать поступила так же. И вчетвером, вместе с отцом, словно дружная семья, в которой ничего не случилось, они покинули здание больницы.

— Я что-то совсем ничего не понял, — произнес Саша, когда семейство скрылось из виду. — Кто же убил Мишу с Павлом? Разве не Дима?

— Это сделала сама Наташа.

— Что?

— Да, она пришла к Михаилу с четкой целью — избавиться от свидетеля ее позора.

— Почему именно сейчас?

— Дело в том, что Михаил ее шантажировал. Требовал денег за свое молчание, а иначе угрожал пойти к Дмитрию и все ему рассказать. Оберегая семью, Наташа отдала шантажисту все свои накопления. А когда деньги закончились, приняла единственное возможное решение, если она хочет сохранить Диму и семью, то должна убить того, с кем изменяла мужу. Да и не измена это была, а так — девичья глупость. Наташа была пьяна, доверилась Михаилу, которого считала фактически своим братом. А тот с приятелем напоили девчонок и воспользовались их состоянием. Михаил развлекся с самой Наташей, а Павлу досталась Маша.

Вот оно что! Вот почему Наташа так рьяно противилась тому, чтобы ее сына назвали Михаилом. Это напоминало бы ей о ее проступке.

— Случилась эта история буквально за пару недель до свадьбы. Да тебе об этом куда лучше моего расскажет сама Маша. Она уже очнулась, можно зайти к ней.

У кровати дочери уже сидела Анна Семеновна, которая держала Машу за руку. Девушка и впрямь была хороша собой. Даже сейчас, на больничной койке, была видна ее красота. Анна Семеновна глаз не отводила от лица дочери.

— Вот и твой спаситель! — сообщила она ей. — Если бы не он, Наташка бы и тебя прикончила.

— Наташа хотела меня убить? Но за что?

— Чтобы ты молчала про нее и ее шашни с Мишкой.

— Но она и сама пострадала. Я видела, она лежала тут... на соседней койке.

— Тебе-то она влила смертельную дозу дряни, а себе добавила совсем чуток, чтобы только подозрения от себя отвести. Так что ты, Машенька, не возражай, а поблагодари Сашу. Он твой герой!

Саша покраснел, он себя героем совсем не чувствовал. Напротив, в этой истории он здорово сплоховал. Принял за преступника совсем не того человека. Если уж кто и проявил себя героем, так это Антон, который тоже стоял тут.

— Как получилось, что ваша подруга пыталась вас убить?

— Думаю, она всегда боялась, что я сболтну Димке про то, что она в свое время кувыркалась с Мишкой. Да и перед родителями, наверное, ей стыдно было. Все-таки родственник, двоюродный брат. Но главное — это муж. Она-то сначала была уверена, что все ей сошло с рук. Они к тому времени с Димой уже успели переспать, он был ее первым мужчиной. А потом спустя всего неделю или около того у Наташки был день рождения, Дима ушел рано, ему нужно было на другой день на работу, а мы остались. Мишка позвал нас погулять, к нам присоединился Паша, мы поехали в гости к ребятам, и там... в общем, было у нас. Обнаружив, что беременна, Наташа даже не сразу поняла, что случилось. Тем более что муж так радовался ребенку! Правда выплыла наружу не так давно. Майкл заболел, ему понадобилось переливание крови, но когда врачи назвали Наташе требуемую группу, то она поняла, что отец Майкла вовсе не ее муж, отцом является Михаил. С этого дня ее жизнь и превратилась в кошмар. Она скрыла от мужа правду, перевела Майкла в другую частную клинику, договорилась там с врачами и привела в качестве донора Михаила. Тот тоже был в шоке, но быстро сообразил, как ему можно воспользоваться ситуацией. Он знал, что муж у Наташки хорошо зарабатывает и семья у него богатая. А Мишка нигде не работал, ему деньги были нужны все время. Вот он и начал их тянуть из Наташки. Но я не знала, что она его убила!

— Конечно, о таком она бы вам не сказала, — хмыкнул Антон. — Она и к вам приехала вовсе не для того, чтобы помириться, как она вам сказала.

— Наплела с три короба о том, как виновата передо мной. А на самом деле...

— На самом деле, продумывала, как бы ей вас убить. Она бы сразу привела план в исполнение, но дома некстати оказалась ваша мама. А на двоих у нее то ли лекарства не хватало, то ли не сразу придумала, как себя обелить. Ей же нужно было выставить все так, словно бы она вовсе и ни при чем.

— Только напрасно все это было. Димка ее и так все знал. Повинилась бы перед мужем, глядишь, не пришлось бы грех на душу брать, двух человек убивать.

— Да не двух, а трех! — воскликнула Анна Семеновна. — Машку мою она бы тоже не пожалела. Вот змея! Как есть змеюка подколодная! Прибежала, дрожит, плачет, муж убить грозится! Вот врушка!

— Волнение Наташи вполне понятно. Только что ей пришлось убить двух мужчин. Она все подстроила очень хитро. Сначала добилась от Михаила, чтобы тот пригласил в гости Павла. Потом угостила мужчин виски с добавленным в него клофелином. А когда оба мужчины заснули, то зарезала обоих.

— Она же медицинский оканчивала, знала, куда ударить ножом, чтобы убить наверняка.

— Потом преступница замела следы, но перестаралась, протерла поверхности всюду, хотя скрывать свое присутствие ей вроде было и не нужно. Это и навело нас на мысль, что она может быть причастна к случившейся трагедии больше, чем нам вначале показалось. После совершенного ею двойного убийства Наташа удалилась с места преступления с ребенком, не забыв включить записанный фильм с громкой ссорой двух героев и последующей дракой между ними. Таким образом, если кто-нибудь из соседей и увидел Наташу с ребенком, то мог бы подтвердить, женщина убежала еще до начала драки. Что впоследствии и случилось и помогло Наташе разжиться каким-никаким, но алиби. В полной уверенности, что Миша с Пашей обезврежены ею навсегда, она заявилась в гости уже к вам. И была неприятно поражена, что тут же находится также и Анна Семеновна.

— Да, она долго на меня пялилась, я даже подумала, не узнает. А она вон чего... Ох змея!

— Не суди ее, мама, — тихим голосом произнесла Маша. — Она все это сделала ради любви.

— Ради себя она это сделала! Жить ей хорошо понравилось! Думала, что турнет ее Димка с чужим ребенком на все четыре стороны, а работать ей идти в поликлинику не хотелось. От большой лени это все, а вовсе не от любви! Сладкую жизнь она любила, а жених шел так... в нагрузку!

Но Маша все равно держалась своего мнения. И даже попыталась привлечь к решению их спора независимых арбитров. И Саша, сам того не желая, подтвердил, что да, Маша абсолютно права, от большой любви это все с ее подругой случилось. Но что самое интересное, и Антон тоже подтвердил, что да, от любви. И смотрел он при этом на Машу с таким выражением, что у Саши у самого совершенно внезапно появилось горячее желание убить его. Не иначе как тоже от большой любви.

Литературно-художественное издание

ВЕЛИКОЛЕПНЫЕ ДЕТЕКТИВНЫЕ ИСТОРИИ

ЛЮБОВНЫЙ ДЕТЕКТИВ

Руководитель отдела *И. Архарова*
Ответственный редактор *А. Антонова*
Выпускающий редактор *Е. Тёрина*
Художественный редактор *С. Курбатов*
Технический редактор *Н. Духанина*
Компьютерная верстка *Г. Сениной*
Корректор *Е. Холявченко*

Страна происхождения: Российская Федерация
Шығарылған елі: Ресей Федерациясы

В коллаже на обложке использованы иллюстрации:
© Andrei Savchuk, E-ART, Yaran / Shutterstock.com
Используется по лицензии от Shutterstock.com

ООО «Издательство «Эксмо»
123308, Россия, город Москва, улица Зорге, дом 1, строение 1, этаж 20, каб. 2013.
Тел.: 8 (495) 411-68-86.
Home page: www.eksmo.ru E-mail: info@eksmo.ru
Өндіруші: «ЭКСМО» АҚБ Баспасы,
23308, Ресей, қала Мәскеу, Зорге көшесі, 1 үй, 1 ғимарат, 1 үй, 1 ғимарат, 20 қабат, офис 2013 ж.
Тел.: 8 (495) 411-68-86.
Home page: www.eksmo.ru E-mail: info@eksmo.ru.
Тауар белгісі: «Эксмо»
Интернет-магазин : www.book24.ru

Интернет-магазин : www.book24.kz
Интернет-дүкен : www.book24.kz
Импортёр в Республику Казахстан ТОО «РДЦ-Алматы».
Қазақстан Республикасындағы импорттаушы «РДЦ-Алматы» ЖШС.
Дистрибьютор и представитель по приему претензий на продукцию,
в Республике Казахстан: ТОО «РДЦ-Алматы»
Қазақстан Республикасында дистрибьютор және өнім бойынша арыз-талаптарды
қабылдаушының өкілі «РДЦ-Алматы» ЖШС,
Алматы қ., Домбровский көш., 3«а», литер Б, офис 1.
Тел.: 8 (727) 251-59-90/91/92; E-mail: RDC-Almaty@eksmo.kz
Өнімнің жарамдылық мерзімі шектелмеген.
Сертификация туралы ақпарат сайтта: www.eksmo.ru/certification

16+

Сведения о подтверждении соответствия издания согласно законодательству РФ
о техническом регулировании можно получить на сайте Издательства «Эксмо»
www.eksmo.ru/certification
Өндірген мемлекет: Ресей. Сертификация қарастырылмаған

Дата изготовления / Подписано в печать 30.11.2021. Формат 70x90 1/32.
Гарнитура Newton. Печать офсетная. Усл. печ. л. 10,5.
Тираж 4500 экз. Заказ 1341.

Отпечатано в АО «Можайский полиграфический комбинат».
143200, Россия, г. Можайск, ул. Мира, 93.
www.oaompk.ru, тел.: (49638) 20-685

ISBN 978-5-04-160264-2

9 785041 602642 >